KB051523

바람이 수를 놓는 마당에 시를 걸었다

바람이 수를 놓는 마당에 시를 걸었다

공상균 산문집

걷는사람

우연한 횡재와 아름다움

나태주(시인)

세상엔 읽을 책들이 많다. 읽어야 할 인쇄물, 문자들이 많다. 피곤하다. 힘들다. 지친다. 왜 그런가? 읽고 나서도 별로 도움이 되지 않기 때문이다. 시간이 밭기 때문이다. 우리의 삶에서 그렇게 이로움과 시간은 쌍생아이면서 소중하다.

그런데도 우리는 책을 읽는다. 글자의 홍수 속에서 산다. 허우적거려야만 한다. 진흙펄과 같다. 그러나 이러한 진흙펄 속에서 상쾌한 초장을 만날 때도 있다. 어디선가 삽상한 바람이 분다. 굳이 향기가 난다고까지는 말하지 않는다. 향기도 때로는 독이 되기도 하니까.

읽기를 잘했다. 전화로 뜬금없이 글을 좀 써달라고 했을 때

옆에 있는 사람이 오히려 투덜거렸다. 별일도 다 많다고. 그러나 그 별일이 좋았다. 낯선 전화번호인데 전화를 받기를 잘했고, 낯선 청인데도 거절하지 않기를 또한 잘했다.

세상이란, 세상의 일이란 늘 의외가 있고 횡재가 있고 또 그 속에 즐거움과 우연과 발견과 사랑이 있게 마련이다. 이 사람. 이 책의 저자 이 사람. 모르겠다. 한 번도 얼굴을 만나보지 못했고 글을 청한 사람조차 출판사 사람이기에 목소리조차 듣지 못한 사람이다.

그런데 좀 알겠다. 아니, 많이 알겠다. 그것은 그의 글을 몇 편 읽어본 탓이다. 글이 그렇게 무섭다. 소중하다. 어떤 글이든지 글을 읽으면 그 사람의 일생이 보인다. 삶이나 생활이거나 소망을 넘어선 일생이다. 그렇다. 이 사람의 글 속에는 이 사람의 일생이 넘실거린다.

아름답다. 진지하다. 싱싱하다. 앞으로 나아가고 있다. 나이가 제법 든 사람 같은데 아직도 성장하고 있다. 꿈이 남아 있고 소망이 남아 있다. 그러니 싱싱하고 푸르고 건강하지 않을 수 없다. 읽기를 잘했구나. 전화를 받기를 잘했고 거절하지 않기를 잘했구나.

그렇다. 내 노년의 삶의 목표는 거절하지 않기와 요구하지 않기. 일단은 이 사람의 글을 읽을 일이다. 책을 읽을 일이다.

나도 실은 그의 글과 책을 다는 읽지 못했다. 그러므로 기대된다. 글이 기대되고 책이 기대된다. 건강하게 진지하게 일생을 톺아가는 한 사람이 있고, 그 사람과 동행하는 좋은 사람들의 삶을 들여다보고 싶다.

'글은 사람이다'란 옛사람의 말에 나는 자주 '글은 자서전이다'라는 말을 했는데, 이제는 다시 조금 그 말을 비틀어 '글은 일생이다'란 말을 하고 싶다. 특히 이 책의 주인에게 그 말을 처음으로 들려주고 싶다.

당신의 일생, 지금까지도 좋았지만 앞으로도 더욱 좋기를 바랍니다. 더불어 가는 사람들과 함께 좋기를 바라고 더욱 아름다운 상호작용이기를 바랍니다. 당신의 글은 지금 충분히 진지하고 맑고 아름답고 좋습니다. 앞으로 더욱 그런 장점들이 더해지기를 바랍니다.

세상에는 횡재나 우연의 아름다움이 있다. 오늘 나에게 이 사람의 글과 책이 그렇고 이 사람의 삶과 일생이 그렇다. 언제든지 나에게 신의 축복이 따른다면 이 책의 저자를 직접 만나는 기회가 있을 것으로 믿는다.

시의 숨결로 삶을 빛나게 할 수 있다면

열일곱 살 되던 해 2월 어느 날, 작은 가방을 들고 집을 나서며 부모님께 인사를 드렸다.

"제가 돈 벌어서 공부 더 할 테니 걱정하지 마세요."

중학교를 졸업하고 객지로 떠나는 어린 마음엔 다부진 결심이 있었다. 대문 밖을 나서기 전에는 눈물을 보이지 않으리라 다짐하고 씩씩한 척 발길을 돌리는데 아버지가 따라나섰다. 집에서 역까지는 십 리 길. 눈 쌓인 길을 아버지가 앞서 걸으시고 그 뒤를 따라 걸었다. 내처 별 말씀이 없던 아버지는 역에 도착해 기차를 기다리는 동안 이 한마디를 해주셨다.

"객지에서는 몸 성한 것이 재산이다. 그리고 편지 자주 하거라."

 그렇게 집을 떠난 뒤로 한 달에 서너 통 보내주시는 아버지의 편지는 객지 생활의 고달픔을 견디는 열일곱 살 아들의 양식이 되고도 남았다.

 아들이 대학교에 들어가던 해, 아내는 내게도 공부할 것을 권했다. 자식 둘 공부시키기도 벅찬 살림인지라 아내가 고마우면서도 손사래를 쳤다. 아내도 고집을 꺾지 않았다. 문예창작학과가 있는 줄도 모르고 살던 농부가 아내의 권유로 대학생이 되고, 아들보다 한 살 어린 동기들과 사 년 동안 시를 배우고 소설을 읽었다.

 시 창작 수업시간에 교수님이 내준 과제는 시 한 편을 공책에 옮겨 쓰고 그 아래에 느낌이나 생활 단상을 쓰는 것이었다. 맨 먼저 선택한 시가 이상국 시인의 〈국수가 먹고 싶다〉라는 시였다.

 삶의 모서리에 마음을 다치고
 길거리에 나서면
 고향 장거리 길로
 소 팔고 돌아오듯
 뒷모습이 허전한 사람들과

국수가 먹고 싶다

－〈국수가 먹고 싶다〉일부, 이상국

한 자 한 자 시를 옮겨 적는데 이상한 일이 일어났다. '소 팔고 돌아오듯 뒷모습이 허전한 사람'의 모습에서 아버지의 얼굴을 본 것이다. 집 떠나는 아들을 역까지 바래다주고 돌아가며 아버지는 얼마나 허전하셨을까. 객지로 떠나는 아들과 그 아들을 품에서 떠나보내야 하는 아버지의 발자국이 나란히 눈 위에 찍혔을 텐데, 그 어지러운 발자국 바라보는 아버지의 마음은 어땠을까. 그 당시에는 보이지 않던 모습이 비로소 눈에 들어오자 가슴이 아프면서도 따뜻했다. 그렇게 시는 삶의 소중했던 어느 순간 앞으로 나를 데려다주었다. 시의 따뜻한 숨결이 고단했던 삶에 생기를 불어넣어 주는 듯했다. 시가 주는 위로였다.

이렇듯 세월과 함께 늙는 몸과는 달리 마음 더욱 푸르게 돋아나는 경험을 하는 탓에 일기를 쓰듯 공책에 시를 옮겨 적었다. 시를 읽으며 열일곱 살의 나를 만났다. 스무 살, 서른 살, 살아온 모든 순간의 나를 만났다. 지금까지 지나온 시간을 세월이라 한다면, 앞으로 맞이할 시간은 설렘이라 부르고 싶어 나의 시 읽기는 앞으로도 계속될 것이다.

농부로 살아온 날보다 시를 붙들고 산 날이 훨씬 길지만, 아직 시집 한 권도 내지 못한 사람이 그래도 잘하는 것은 시 읽기다. 그래서 삶의 어느 한 지점으로 돌아가 청춘의 시절을 다시 누리고 싶을 때 읽었던 시들 가운데 몇 편을 골라서 책으로 묶었다. 시에 대한 해설보다는 생활하면서 얻은 단상들로 옷을 입힌 셈이다. 내가 입힌 옷이 시에 잘 맞으면 좋겠지만, 그러지 못할지라도 독자들이 또 다른 옷을 입혀주리라 생각하며 마음을 놓는다.

농부의 글을 기꺼이 책으로 묶어주신 나비클럽 이영은 대표와 식구들에게 고마운 마음이 크다. 평생 갚아도 모자랄 사랑의 빚을 진 셈이다.

차례

제1부 삶의 어떤 순간에는 시가 필요하다

제2부 지리산 농부, 꿈꾸는 시인으로 사는 즐거움

제1부

삶의 어떤 순간에는 시가 필요하다

강을 보고 우는 사람,
엄마의 눈물

일과를 마무리하고 거실에서 〈세계테마기행〉을 보며 쉬고 있는데 딸이 급하게 찾았다.

"아빠가 좀 도와줘야겠어."

무슨 일인가 싶어 주섬주섬 옷을 챙겨 입고 차실로 내려갔다. 책상 앞에 앉았던 딸이 아내가 있는 쪽을 눈짓으로 가리켰다. 아내 얼굴을 살피니 눈물 자국이 선명했다.

"다 해결했어."

아내는 한마디 겨우 하곤 다시 눈물을 흘렸다. 토란잎에 맺힌 물방울 같았다. 무슨 일이냐 물으니 그 말에 또다시 주르륵 흘러내리는 눈물. 나는 다가가서 가만히 어깨를 토닥였다. 웬

만해서는 눈물을 보이지 않던 사람인지라 단단히 상처를 입었구나 싶었다.

"아빠, 내가 실수했는데 엄마가 혼났어."

지켜보고 있던 딸이 말문을 열었다. 강정을 선물했는데 운송장에 보내는 분 성함을 쓰지 않은 게 사단이었다. "어떻게 그럴 수 있느냐"라며 같은 이야기로 반복해서 나무라는 고객에게 아내가 할 수 있는 대답은 '눈물'뿐이었다.

오랜만에 아내 눈물을 보고 잠든 탓일까? 새벽 다섯 시가 채 되지 않아 잠에서 깼다. 겨우 잠들었을 아내가 깨지 않도록 조심해서 밖으로 나왔다. 휴대전화를 꺼내 들고 친구가 '누워 있는 달'이라며 보내준 사진을 보는데 문득 몇 년 전의 일이 떠올랐다.

읍내에 있는 교회에 가는 길이었다. 아침 햇살 받은 섬진강은 은빛 춤을 추고 있었고, 강가에 늘어선 나무들은 막 새잎을 돋우어 강물에 풀어놓는 중이었다.

"여보, 연두에 물든 저 강 좀 봐요."

강을 함께 보자 말하는 그 사람 눈에 눈물이 그렁그렁 맺혔다. 아내가 꽃보다 연두를 더 좋아하게 된 것도, '강을 보고 우는 사람'이라는 별명을 얻은 것도 그때였다.

아내의 그 고운 심성은 세월 지나도 빛바랠 일 없는 '천성'이

바람이 수를 놓는 마당에 시를 걸었다

다. 가끔 손님들이 시골살이 심심하지 않느냐고 물으면 아내는 자연이 주는 경이로움에 심심할 틈이 없다고 대답한다. 매일 보는 달인데도 "초승달이 어쩌면 저리 예뻐요"라며 좋아하고, "배부른 반달 좀 봐요"라며 활짝 미소를 짓는다.

보름달보다 환한 그런 사람이 사람의 말에 상처를 입었으니 얼마나 속이 상했을까. 나중에 딸에게 들으니, 이십 분이 넘게 혼을 내고도 다시 딸을 바꾸라는 고객에게 아내는 "저에게 다 말씀하셨잖아요. 딸에게도 같은 말씀 하실 거잖아요"라며 끝내 전화를 바꿔주지 않았다고 한다. 그렇게 흘리는 엄마의 눈물은 함께 일한 뒤로 처음 실수를 한 딸의 가슴도 울렸을 테다. 딸은 속상해하면서도 엄마의 눈물에 담긴 그 마음에 뭉클함을 느꼈던 모양이다.

몇 년 전, 상하이에 교환학생으로 가 있는 딸을 만나고 오는 길이었다. 상하이공항에서 아내는 배웅 나온 딸을 보며 눈물을 글썽였다. 바쁘게 집을 나서느라 딸이 좋아하는 엄마표 김치를 챙겨다 주지 못한 아쉬움이 그리도 컸나보다. 딸이 웃는 얼굴로 괜찮다고 말하는데도 여전히 마음이 편치 않은 듯 몇 번이나 안아주며 "미안해"를 연발했다. 공부하느라 바쁜 중에도 우리를 위해 삼박사일 여행 일정을 짜고, 서툰 중국어로 맛있는 음식을 골라 주문해준 딸이 대견하다며 아내는 집에 돌아와서도 눈시울을 붉혔다.

나는 딸에 대한 아내의 지극한 마음을 보며 어머니를 떠올렸다. 아직 어머니가 살아계셔서 다행이라는 안도감과 함께 부끄러운 마음도 감출 수 없었다. 상하이에 갈 때도 어머니를 모시고 함께 갈까 생각했지만, 고민은 그리 길지 않았다. 무릎이 약해 오래 걷지 못하는 어머니와 함께 가면 서로 힘들 것 같다는 내 얄팍한 계산이 앞섰기 때문이다.

"어머니는 살아서는 서 푼이고 죽어서는 만 냥이다"라는 속담이 있다. 어머니 살아계실 때는 그 존재의 소중함을 모른 채 가볍게 여기다가, 돌아가시고 나서야 그 부재의 무게를 느끼고 후회한다는 의미가 담겨 있는 말이겠다. 자식 얼굴 보러 먼 길 달려가면서, 가까이 계시는 어머니 얼굴 뵈러 달려갈 시간은 왜 이리도 모자라는지. 늘 후회하면서 철이 드는 모양이다.

하늘나라에 가 계시는
엄마가
하루 휴가를 얻어 오신다면

아니 아니 아니 아니
반나절 반시간도 안 된다면
단 5분
그래, 5분만 온대도 나는
원이 없겠다

얼른 엄마 품속에 들어가
엄마와 눈 맞춤을 하고
젖가슴을 만지고
그리고 한 번만이라도
엄마!
하고 소리 내어 불러 보고
숨겨 놓은 세상사 중
딱 한 가지 억울했던 그 일을 일러바치고
엉엉 울겠다.

─〈엄마가 휴가를 나온다면〉, 정채봉

열여덟에 자신을 낳고 이태 뒤 세상을 떠나신 어머니가 얼마나 보고 싶었으면 시인은 '하늘나라에 가 계시는 엄마가 하루 휴가를 얻어 오신다면' '원이 없겠다'라고 했을까. 하루가 반나 절로, 반나절이 반시간으로 줄고, 다시 단 5분만이라도 엄마의 휴가를 바라는 절박한 심정을 읽는다. '세상사 중 딱 한 가지 억울했던 그 일을 일러바치고 엉엉 울겠다'라는 시인의 어린아 이 같은 고백을 들으니, 새삼 어머니의 존재가 부요하게 다가 온다. 어머니 올해 연세 여든둘이시니 앞으로 몇 년이나 더 사 실 수 있을까.

봄이 되면 종종 차 만들 쑥을 캐러 어머니와 함께 높은 산에 오르기도 한다. 환갑인 아들과 여든둘 연세의 어머니가 깊은 산속에서 쑥을 캐는 모습은 썩 자연스러운 그림은 아닐지도 모 른다. 하지만 어머니와 나의 쑥 캐기는 해마다 거듭하는 봄철 의 행사가 되었다. 어머니는 차를 만들기 위해 안달복달하는 아들에게 조금이라도 도움을 주시기 위해 이른 봄이면 "쑥 언 제부터 캘 거냐"라고 묻는 전화를 몇 번이나 하신다. 시장에서 파는 쑥으로는 차를 만들지 않는 내 성미를 아시기 때문이다.
산에 갈 때는 도시락도 짐이 되어 주로 김밥 몇 줄로 허기를 달래곤 하는데, 어머니는 이렇다저렇다 타박하지 않으시고 맛있게 드신다. 쑥 캐던 손으로 김밥을 집어 입안에 넣으며 행복한 미소로 식사하시는 모습을 뵈면 마치 '소풍' 온 듯한 착각에 빠지기도 한다. 그리고 이 소풍이 십 년, 이십 년 이어진다면 더할 나위 없이 좋겠다는 생각이 든다.

올 봄에 쑥 캐러 갔을 때는 어머니께 불쑥 말씀드렸다. "어머니, 앞으로 십 년만 더 쑥을 캐주세요." 어머니는 말없이 손사래를 치셨지만 입가에는 작은 미소가 번졌다. 나는 그 미소가 좋기도 하고 마음 미어지는 듯도 해서 한참을 바라봤다.

예순일곱에 멈춰버린
아버지 얼굴

  아빠 뒤에서 엉덩이 불룩거리며 자전거를 타는 아이 뒷모습이 눈에 들어왔다. 강가에 핀 배롱나무꽃보다 더 예뻐 보였다. 자전거로 구례 다녀오는 길이었다. 나는 아이에게 눈길을 둔 채 얼마간 거리를 두고 한참을 달렸다. 쉼터에서 부자가 자전거를 세우기에 나도 따라서 멈춰 섰다. 먼저 다가가 인사를 건네니 아이는 낯선 사람을 경계하지 않고 씩씩한 목소리로 인사를 되돌려주었다.

  근속 이십 년 기념으로 회사에서 두 주간의 휴가를 얻은 아빠가 초등학교 오학년 아들과 함께 해외여행 대신 자전거 여행을 하기로 했단다. 해남 땅끝마을에서 부산까지, 하루에 약 사

십 킬로미터 정도씩 자전거로 이동하는 여정이었다. 숙소에서
느지막이 차로 뒤따르는 아이 엄마와 합류해 점심을 먹고, 오
후에는 함께 그 지역을 둘러본다고 아이 아빠가 설명해주었다.
　이름도 전화번호도 묻지 못한 짧은 만남이었지만, 맑은 얼
굴을 한 그들 부자 덕분에 안상학 시인의 〈아배 생각〉이 떠올
랐다.

　뻔질나게 돌아다니며
　외박을 밥 먹듯 하던 젊은 날
　어쩌다 집에 가면
　씻어도 씻어도 가시지 않는 아배 발고랑내 나는 밥상머리에
앉아
　저녁을 먹는 중에도 아배는 아무렇지 않다는 듯
　-니, 오늘 외박하냐?
　-아뇨, 올은 집에서 잘 건데요.
　-그케, 니가 집에서 자는 게 외박 아이라?

　집을 자주 비우던 내가
　어느 노을 좋은 저녁에 또 집을 나서자
　퇴근길에 마주친 아배는

자전거를 한 발로 받쳐 선 채 짐짓 아무렇지도 않다는 듯
- 야야, 어디 가노?
- 예……. 바람 좀 쐬려고요.
- 왜, 집에는 바람이 안 불다?

그런 아배도 오래 전에 집을 나서 저기 가신 뒤로는 감감 무
소식이다.

-〈아배 생각〉, 안상학

'오래 전에 집을 나서 저기 가신 뒤로는 감감 무소식'인 내
아버지를 불러본다. 말로 표현하는 사랑은 없어도 속깊은 정을
느끼게 해주셨던 아버지. 읍내에서 자취할 때 일주일에 한 번
집에 갔는데, 다시 자취방으로 돌아오는 내게 오백원짜리 종이
돈 두어 장을 손에 슬그머니 쥐여주시며 웃던 그 웃음을 아직
잊지 못한다. 그 종이돈은 집 떠난 중학생이 낯선 곳에서 일주
일을 견디는 힘이었다.
지난 설날, 아버지가 쓰시던 수첩을 발견한 아들이 내게 보
여주며 말했다.
"아빠, 우리 할아버지 멋있지 않아요?"

"뭐가?"

"여기 '내게 오천사백 원'이라고 쓰셨잖아요. 자신에게 돈을 쓸 수 있는 여유를 가지고 사셨다는 게 멋있어요."

수첩을 건네받아 아버지가 손수 적어놓으신 지출 항목을 유심히 보았다. '우리 가족 구만 원'에 견주면 지극히 적은 금액이지만 '내게 오천사백 원'을 어디에 쓰셨을까. 아들녀석은 할아버지가 멋있다고 했지만, 그 금액의 만 배도 넘는 아픔이 내 가슴을 후려쳤다.

가난한 농부의 수입과 지출이 흔히 그렇듯이 아버지의 가계부도 간단명료했다. '우리 가족에게' 돈을 쓸 줄 아셨던 아버지는 적은 금액이지만 어머니 용돈도 간간이 챙기신 듯하고, 결혼한 큰딸과 며느리에게도 여비를 넉넉히 내어주셨다. 그리고 1989년 7월, 보리 수매 끝나고 생긴 목돈 517,500원을 이리저리 나눈 내용이 적힌 것을 보고 나는 왈칵 목이 메었다.

아버지는 나로 인해 생전에 큰 짐을 지고 사셨다.

"공무원이라도 할라믄 고등학교는 마쳐야 한다. 빚을 내서라도 고등과는 마쳐줄 테니 걱정하지 말그라."

평소 과묵하던 당신께서 자식을 위해 무겁게 입을 여셨지만, 나는 그 말씀을 거역하고 '고등과' 진학을 포기했다. 스스로 벌어 공부하겠다는 약속만 남긴 채 부산행 기차에 오르던 날, 아버지는 십 리나 되는 눈길을 걸어 역까지 배웅을 해주셨다.

그 발걸음이 아버지 평생에 '자식 못 가르친 한'으로 남을 줄 그때는 미처 알지 못했다. 스스로 벌어 공부하겠다던 아버지와의 약속은 내 나이 오십이 되어서야 지킬 수 있었다. 그리고 지금은 대학원 공부까지 마쳤으니 이제는 그 짐을 내려놓으시라 말씀드리고 싶다. 딱 한 번만이라도 좋으니 꿈속에서라도 "나이제 짐 내려놓으니 홀가분하구나" 이 한마디 해주시면 참 좋겠다. 욕심 같아서는 활짝 웃어주신다면 더 좋겠다.

내 글쓰기 바탕에는 이러한 아버지에 대한 그리움이 짙게 깔려 있는 것 같다. 자식 도리 다하지 못한 회한이 갚을 수 없는 빚이 되어 고백 성사를 하듯 글을 쓰는지도 모르겠다. 중학교 졸업한 아들의 객지 생활을 염려하며 매주 보내주시던 아버지의 편지가 그립고, 그 안부 문장에 위로받던 그 시절 내가 그립고, 아버지께 답장을 쓰며 혼자 눈물 흘리던 열일곱 내가 그립다.

그렇게 '생전에 꽃구경 한 번 시켜드리지 못한' 불효자는 '예순일곱에 멈춰버린 아버지 얼굴'이 그리워 시를 썼다.

문득 산수유꽃 보고 싶어 새벽길 달렸다

꽃 천지 산골에 살면서 이웃 마을 꽃이 보고 싶다니

삼월의 바람기는 올해도 비켜 가지 않을 모양

새벽 출사 나온 사람들 삼각대 세워놓고 해 뜨기를 기다린다

물빛에 내려앉는 역광의 꽃 담기 위해

숨 고르는 그들 모습 지켜보다가

산그리메 드리운 성삼재, 큰 산을 보고야 말았다

꽃의 배경에 큰 산 있음을 보고야 말았다

생전에 꽃구경 한 번 시켜 드리지 못한

예순일곱에 멈춰버린 아버지 얼굴이었다

꽃 보러 갔다가 산을 만나다니

꽃 품어주는 저 산처럼

자식들 삶의 배경에는 부모님 있다는 걸 왜 늦게 깨닫는지

부모 눈에는 자식만 한 꽃도 없을 터인데

활짝 웃어 드리는데 왜 그리도 인색했는지

뒤늦은 후회도 꽃처럼 피어난다

그날 아침, 내가 본 산동의 산수유꽃은

첫돌 무렵 아기가 낯선 사람에게 보내는 눈웃음을 닮았었다

- 〈꽃을 품어주는 저 산처럼〉, 공상균

아, 아버지에게 활짝 웃는 모습 자주 보여드렸더라면 얼마나 좋았을까. '자식들 삶의 배경에는 부모님 있다는 걸' 좀 더 일찍 깨달았다면 얼마나 좋았을까. 뒤늦은 후회가 꽃처럼 피어나고, 예순일곱에 멈춰버린 아버지 얼굴 그리워 가슴으로만 운다.

바람이 수를 놓는 마당에 시를 걸었다

보리 대맛   총 51 7,500원

우리 가족   4600원
학교 감   10000원
우비 비   5000원
학교 비 날경게   2000원
깨 에게   5400원
농약 감   25000원
으 축 비   7000원
동우 비   4000원
모기 비   2000원
단   개   6300원
전 화 비   2710원
팔 가족   5000원
... 서면   18000원
... 구   10000원
... 기 에   5100원
... 배 ...   1500원
... 기 ...   5000원
... 에 ...   2000원
... ... 3000원
... ... 5000원
... ...미03m원

사랑합니다,
나의 고마운 평강공주

산청군 농업기술센터에서 강의를 마치고 돌아오는 길이었다. 곧게 뻗은 고속도로 대신 국도를 따라 달렸다. 오랜만에 마음이 설레었다. '귀농'이라는 말조차 쓰지 않던 삼십 년 전에 빈집 하나를 얻어 시골 생활을 시작한 곳이 바로 산청군 어느 산골이었다. 그곳에 추억으로 남아 있는 '스물아홉의 나'를 만나러 가는 길이었다.

시골에 내려가 농부로 살아야겠다고 결심하고 다니던 직장을 그만둔 것은 1988년 2월이었다. 외딴 산속에서도 서울에서 열리는 올림픽 소식은 접할 수 있었다. 그 무렵 나는 올림픽에 출전한 선수만큼이나 절박한 심정으로 '한 사람'에게 편지를 보냈다. 가난해도 좋으니 시골에서 농사지으며 살고 싶다는 편지를 읽으며, 스물네 살 여자친구는 무슨 생각을 했을까. 돈 열심히 벌어서 호강시켜 준다고 해도 모자랄 판에, 힘든 생활이 될지라도 영혼의 자유와 조화로운 삶을 위해 시골살이를 함께 하자고 권하는 편지를 읽고 어떤 마음이 들었을까. 그때 여자친구에게 보낸 편지들은 지금 우리 집 안방 서랍 속에 고이 모셔져 있다. 우리 부부에게는 올림픽 금메달만큼이나 값진 보물이다.

일 년여 몸을 의탁했던 옛집이 있는 산길로 접어들었다. 진입로가 조금 넓어지긴 했지만 집으로 이어진 오솔길은 옛 모습 그대로 남아 있었다. 내가 머물던 집을 사람들은 '돌집'이라 불렀다. 돌과 흙으로 쌓아 만든 근사한 집인데, 그동안 주인이 몇 번 바뀌면서 지금은 도시 사람이 별장으로 쓰고 있다고 했다.

주인 없는 빈집을 바깥에서 둘러보았다. 농사를 짓겠다고 삶의 방향을 바꾸어 산속에 숨어든 스물아홉의 청년이 나를 반긴다. 삼십일 년 만이다. 그동안 열심히 살았고, 아직도 농사를 짓고 있노라 자랑스레 안부를 건넨다. 스물아홉 청년과 예순한 살 중년의 만남은 겨우 삼십 분 남짓, 아쉬운 마음을 그곳에 두고 발길을 돌렸다.

농사짓겠다고 시골살이 택한 그때의 내가 고맙고, 짧지 않은 세월 비바람에도 잘 견뎌준 돌집도 고맙다.

　동짓달에도 치자꽃이 피는 신방에서 신혼 일기를 쓴다 없는
것이 많아 더욱 따뜻한 아랫목은 평강공주의 꽃밭 색색의 꽃씨
를 모으던 흰 봉투 한 무더기 산동네의 맵찬 바람에 떨며 흩날
리지만 봉할 수 없는 내용들이 밤이면 비에 젖어 울지만 이제
나는 산동네의 인정에 곱게 물든 한 그루 대추나무 밤마다 서로
의 허물을 해진 사랑을 꿰맨다
……가끔…… 전기가…… 나가도…… 좋았다…… 우리는……

　새벽녘 우리 낮은 창문가엔 달빛이 언 채로 걸려 있거나 별
두서넛이 다투어 빛나고 있었다 전등의 촉수를 더 낮추어도 좋
았을 우리의 사랑방에서 꽃씨 봉지랑 청색 도포랑 한 땀 한 땀
땀흘려 깁고 있지만 우리 사랑 살아서 앞마당 대추나무에 뜨겁
게 열리지만 장안의 앉은뱅이저울은 꿈쩍도 않는다 오직 혼수
며 가문이며 비단 금침만 뒤우뚱거릴 뿐 공주의 애틋한 사랑은
서울의 산 일번지에 떠도는 옛날 이야기 그대 사랑할 온달이 없
으므로 더더욱

가난한 남편을 만나 산동네에 살면서 '없는 것이 많아 더욱 따뜻한 아랫목'에서 쓴 신혼 일기다. 결핍에서 오는 불편을 견디며 '밤마다 서로의 허물을 해진 사랑을 꿰'매다보니, 그들의 신방에는 '동짓달에도 치자꽃이 피'었다 말한다. 얼마나 황홀한 고백인가!

추위에 약한 것이 치자나무다. 하물며 꽃이라니. 얼토당토않은 설정으로 가난한 신혼부부의 뜨겁고도 몽환적인 사랑을 은근슬쩍 자랑하는 시인이 부럽다.

……가끔…… 전기가…… 나가도…… 좋았다…… 우리는……

이 시에서 내가 가장 좋아하는 구절이다.

전기가 없는 생활은 상상하기 힘든 세상이다. 그래서 편리하다. 하지만 편리함을 누리는 대신 잃고 사는 것도 더러 있다는 것을 시인은 말한다. '낮은 창문가'에 '언 채로 걸려 있'는 달빛과 '별 두서넛이 다투어 빛나'는 모습은 어둠이 주는 선물이다. 어둠을 즐기고 어둠에 익숙한 사람의 눈에만 보이는 하늘의 선물이다. 신혼의 사랑도 '전등의 촉수를 더 낮'출수록 깊어지는 것인가.

산청에서 시골 생활을 시작한 그 이듬해에 드디어 결혼을 하고 고향에서 신혼 생활을 시작했다. 부모님께 물려받은 산에 젊음을 투자하기로 하고, 아내와 둘이서 흙집을 지었다. '가끔 나가도 좋을 전기'조차 아예 들어오지 않는 산속이었다. 그곳에서 아이들이 태어났고, 이웃이 없으니 네 식구가 유일한 친구였다. 가족끼리 오순도순 정 쌓기에는 그만이었다.

눈이 귀한 곳에 살다보니 밤새 눈이라도 내려 쌓이면 손님처럼 반가웠다. 그런 날이면 아내와 함께 새벽 산책을 하곤 했다. 어느 날 아침, 산길을 한 바퀴 돌아서 내려오는데 눈 위에 찍힌 두 사람의 발자국이 눈에 들어왔다. 멀어졌다 가까워졌다 하며 무늬를 새긴 발자국을 보며 부부로 함께 살아가는 일생이 저렇겠구나 하는 생각이 들어 시 한 편을 썼다.

눈 쌓인 새벽길을 아내와 함께 걷습니다
손 내밀면 닿을 거리를 두고 나란히 걷다 보면
새록새록 다가오는 부부의 정
장갑 낀 손이지만 때로는 힘주어 잡아봅니다
어둠도 두렵지 않고 추위도 아랑곳하지 않음은
사랑하는 사람과 함께 걷는 까닭

바람이 수를 놓는 마당에 시를 걸었다

동터 오는 하늘 올려다보며 함께 하는 심호흡도

겨울 산에 남은 고염 열매 찾아 날아드는

아침 새들을 바라보는 눈길도

아이처럼 폴짝폴짝 뛰어보는 발 모양까지도 닮아버린다면

세월 흐름을 애라 하지 않겠습니다

오늘은 여기까지만 걷고 돌아갑시다

적당한 곳에서 방향을 바꿀 줄도 알고

그림처럼 좋은 풍경 앞에서 좋아하는 그 사람을

재촉하지 않고 기다려주는 재미도 누립니다

고운 모양 고운 색깔 세상에 많지만

한 길을 함께 걸은 사랑하는 사람의 붉은 볼만 하겠습니까

훗날, 걸어온 길 궁금하여 뒤돌아보면

나란히 찍힌 두 발자국이 세월 속에 남겠지요

굽이굽이 스민 정도 가슴 깊은 곳 담겼다가

샘물처럼 솟겠지요

- 〈함께 걷는 길〉, 공상균

산속 생활의 겨울밤은 도시보다 훨씬 길다. 어둡기 전에 저

녁을 먹고 한참을 놀아도 여덟 시 언저리였다. 전기도 없는 산중 생활이었지만, 우리의 신혼방에도 '치자꽃' 피는 날 가끔 있지 않았을까. 지금도 그 시절 생각하며 나의 '평강공주'에게 고마운 마음을 갖고 산다.

작은 음악회 열어
어여쁜 새 식구 맞이하던 날

산청의 돌집에서 아내에게 연애편지를 쓰던 해로부터 삼십 년이 지난 2018년 9월, 며느리를 새 식구로 맞았다. 아들 부부는 일생에 한 번 하는 예식을 의미있게 하고 싶다며 우리 집 마당에서 결혼식을 해도 되겠느냐고 물었다. 도시의 화려한 예식장을 좋아할 법도 한데 시골의 정취를 소중하게 여겨주는 그 마음이 예뻐서 단숨에 허락을 했다.

결혼식 날짜가 정해지고 석 달 동안, 우리 부부는 즐거운 노동을 했다. 꽃을 심고 나무에 물을 주면서 절로 흥이 나서 노래를 불렀다. 새 식구를 맞이하는 설렘은 온통 푸른빛이었다. 순간순간 어머니도 생각났다. 며느리 맞는 날 올림머리로 치장한 어머니 얼굴은 내 기억 속 가장 아름다운 모습이었다. 그때가 바로 엊그제 같은데 이제 우리가 며느리를 맞이할 나이가 되었으니. 한 세대가 바뀌는 교차점에서 많은 생각을 했다.

"여보, 다른 건 몰라도 예쁜 함 하나는 해주고 싶어요."

예물을 한사코 사양하는 며느리에게 아내는 함이라도 해주고 싶어했다. 요즘은 함을 보내지 않고 여행용 캐리어에 현금을 넣어준다고 말해도 아내는 그 마음을 접지 않았다.

며느리에게 처음으로 하는 선물인지라 아내는 함을 구하는 일부터 마음을 많이 썼다. 평소 알고 지내는 지리산학교 민화반 안선희 선생님에게 고민을 말씀드리니, 날짜가 임박해 함을 만들 시간은 안 되고 함을 구해오면 그림을 그려주겠다고 하셨다. 부산진시장에 함 파는 가게가 많이 모여 있다는 이야기를 듣고 아내와 함께 갔다. 그런데 마침 시장 전체가 여름 휴가 기간이라 함을 사지 못하고 발길을 돌려야 했다.

"선생님, 부산에 갔는데 시장이 쉬는 날이라 함을 못 사고 왔어요."

아내 목소리에서 안쓰러움을 느꼈는지 선생님은 남편에게 물어보고 전화를 주시겠다고 했다. 그리고 얼마 뒤 함도 직접 만들어주시겠다는 전화가 왔다. 창고에 가봤더니 마침 잘 마른 느티나무가 있어 결혼식 전에 만들 수 있겠다는 이야기를 듣고 아내는 무척이나 기뻐했다.

두 분이 정성껏 만들어주신 함을 받아들고 집에 온 아내는 그 안에 무엇을 채울까 또다시 행복한 고민에 빠졌다. 학교 다닐 때 아들이 읽던 성경을 맨 먼저 챙겨 넣었다. 그리고 부부가 함께 차 마시는 시간을 자주 가져야 한다며 차 도구 세트와 오곡 담은 주머니 몇 개를 넣었다. 나는 두 아이에게 보내는 편지를 썼고, 아내는 그래도 서운하다며 현금도 얼마 넣었다. 캐리어에 현금 가득 채워서 전해주지는 못했지만, 모란과 나비가 그려진 결 고운 느티나무 함에 가득 담긴 우리 부부의 마음이 전해지기를 바라며 나는 시 한 편을 썼다.

요즘은 함 대신 여행용 캐리어에 현금 두둑이 넣어 예비 며느리에게 보낸다는데 캐리어에 넣을 현금 얼마가 좋을까 고민하던 아내, 마당에서 하는 결혼식이니 함도 옛날식으로 맞추자 한다 운기초당 신방호 선생께 부탁하여 오래 묵힌 느티나무 주먹장으로 짜맞추고 옻칠로 마감한 작품에 조선시대 남계우 화백의 진채화를 본 따 그림 그려주신 안선희 선생님, 두 분 부부가 만든 함을 받아들고 집으로 오던 날 가보가 따로 있나 며늘아기 맞는 기쁨을 가득 채운다 결 고운 느티나무가 주는 편안한 색감에 모란과 나비 함께 춤추듯 내려앉아 있고 모란은 부귀와 아름

다운 여인을 상징하고 나비는 장수와 행복을 나타낸다는데 나
비를 부르는 꽃의 향기로 꽃 위에 춤을 추는 나비의 마음으로
두 사람 하나 되어 상생과 조화의 아름다운 노랫소리 함 가득
채우거라

　　　　　　　　　　　　　　－〈모란과 나비〉, 공상균

　결혼식 날짜가 다가오자 이번에는 날씨가 걱정이었다. 9월
초의 늦더위는 그늘막을 만들어 그런대로 해결할 수 있다지만,
혹시 태풍이라도 온다면 여간 큰일이 아니었기 때문이다. 결혼
식을 일주일 앞둔 날, 뉴스에서 태풍 소식을 전했다. 여름 내내
물을 주고 가꾸어 겨우 꽃을 피운 해바라기가 걱정이었다. 지
지대를 세워 해바라기를 묶고 태풍이 순하게 지나가기만 기다
렸다. 다행히 큰 피해 없이 태풍은 지나갔지만, 비가 오락가락
하는 날씨가 연일 이어졌다. 결혼식 이틀 전에는 계곡물이 불
어날 만큼 폭우가 내렸다. 늦장마가 몰고 온 덥고 습한 날씨만
큼이나 마음도 무거웠다.
　그때 지리산학교 사진반 이창수 선생님이 말했다.

"괜찮아. 날이 좋으면 결혼식 사진을 찍는 거고, 태풍이 불면 영화를 찍는 거지 뭐."

결혼식이 열리는 날 아침, 눈을 뜨자마자 하늘부터 살폈다. 다행히 비는 내리지 않았다. 그리고 식을 올리는 내내 하늘에 천막을 친 듯 구름은 해를 가렸다. 늦여름의 더운 열기를 식히고도 남는 차양이 하늘에 드리운 셈이다. 모과나무 아래 마련한 신부 대기실과 오동나무 아래 마련한 예식 단상은 화려한 조명이 없어도 신부와 신랑을 빛나게 해주었다. 신부를 앞에 두고 신랑이 바치는 클라리넷 연주는 일생의 첫 선물로 부족함이 없었다. 신부 아버지는 기타에 선율을 실어 사위를 맞고, 신랑 어머니도 친구들과 함께 기타 합주로 며느리를 맞았다. 신랑의 고모부는 식이 끝날 때까지 색소폰으로 하객들 흥을 돋우었다. 덕분에 결혼식은 작은 음악회처럼 분위기가 아주 좋았다.

가족사진을 찍고, 두 사람이 세상을 향해 첫 발걸음을 내딛는 행진을 시작할 즈음 비가 내리기 시작했다. 한참을 맞아야 겨우 옷 젖을 정도로 내리는 순한 비였다. 태풍 속 영화는 찍지 못했지만, 우산 들고 새 출발을 하는 신랑 신부 모습은 그런대로 영화의 한 장면처럼 보였다.

떡과 음식을 준비해주신 분들, 꽃과 예식 단상을 꾸며주신

분들에게 사랑의 빚을 진 마당 결혼식을 마치고 나서 아내가
말했다.

"딸 결혼식은 매화가 피는 삼월에 매실 밭에서 하면 좋겠어
요. 아주 단출하게."

결혼식을 마치고 얼마 지나지 않아 추석을 맞았다. 부모님
과 함께 보내던 명절 대신 시댁에서 보내는 첫 명절이어서 아
내는 며느리에게 편히 쉬도록 해주고 싶어했다. 그래야 명절에
시댁 오는 걸 어려워하지 않을 거라는 이야기도 덧붙였다. 아
들이 여자친구를 소개하기 위해 처음 집에 오던 날, 어렵게 생
각하지 말고 편하게 지내라는 말로 아내는 예비 며느리를 맞았
다. 그 모습을 지켜보자니 신혼 생활을 부모님과 조부모님을
모시고 한집에서 보내야 했던 아내의 짐이 느껴져 미안한 생각
이 들었다. 그 짐의 무게를 뒤늦게 깨달은 나는 아내 손을 슬그
머니 잡았다. 그리고 예비 며느리에게 "우리 집에 와줘서 고맙
다"라는 말로 첫인사를 건넸다. 새 식구를 맞는 설렘으로 하루
를 보내고 다음 날 아침, 우리는 찻자리에 함께 앉았다.

"민박을 하다보니 가끔 사돈끼리 여행 오시는 걸 보게 돼.

그럴 때마다 나도 다음에 사돈이 생기면 함께 여행도 하고 친구처럼 지내면 좋겠다고 생각했어."

내가 말했다. 그리고 이것은 부모님을 초청하는 말이니, 다음에는 함께 오셔도 좋겠다는 이야기를 했다. 예비 며느리 부모님도 내 초청에 응해주셨고, 아이들 결혼 전에 몇 번을 오가는 사이 우리는 친구처럼 가까워졌다. 결혼식을 마친 이듬해 봄에는 두 가정의 식구 여덟 사람이 함께 제주도 여행을 다녀왔다. 그리고 그 자리에서 일 년에 한 번 정도는 양가 부모님 모시고 여행하자는 약속을 아이들과 나누었다. 부모 자식으로 만난 인연을 좀 더 가까이서 이어가고 싶은 내 욕심이었는지도 모르지만, 아이들은 흔쾌히 약속을 해주었다.

약속을 하며 한편으로는 부모님끼리 잘 지내는 모습이 아이들 가정을 지키는 울타리가 되어주면 좋겠다는 마음도 있었다. 아이들이 가정을 꾸려서 어여쁘게 살아가는 모습을 지켜보는 것은 흐뭇하고 즐거운 일이다. 이제는 딸처럼 친근한 자식이 되어 옆에 있어주는 며느리, 내게는 영원히 '어여쁜 새 식구'이다.

바람이 수를 놓는 마당에 시를 걸었다

꿈도 상처도 아름다워라,
아들과 함께 떠난 여행

"친구가 일을 도와준다고 하니 아버님이랑 둘이 여행하고
와요."

지난가을에 아들과 단둘이 삼박사일 여행을 다녀왔다. 결혼
전에 아버지와 단둘이 여행을 많이 했다는 이야기를 남편에게
전해 들은 며느리가 보내준 여행이었다. 아들네 집에서 자고
아침에 일어나 여행 채비를 하는데 며느리가 봉투를 내민다.
그 안에는 '아버님, 행복하고 재밌는 추억 많이 만들고 오세요'
라고 쓴 메모와 함께 용돈이 들어 있었다. 그 모습을 보니 '아
들 곁에 아내를 닮은 또 한 사람이 있구나' 하는 생각에 기쁘고
안심이 되었다.

아들이 초등학교를 졸업하던 해부터 우리는 둘만의 여행을 시작했다. 아들이 기숙사가 있는 중학교에 진학하게 되면서 부모 자식 사이 정 쌓을 기회가 줄어들 것을 염려한 아내가 배려해준 여행이었다. 아들과 함께하는 둘만의 여행은 고등학교 삼학년 여름방학에도 이어졌다. 고삼 여름방학에 여행을 해도 될 만큼 평소에 열심히 공부하라는 다짐을 해둔 덕분이었다. 우리가 여행을 떠나는 날이면, 아내는 여비를 봉투에 담아 아들이 보는 데서 건네주었다. 그러곤 한 명씩 품에 꼭 안아주고 잘 다녀오라며 배웅을 해주었다.

　첫해 여름방학에는 지리산 종주를 했다. 우리가 지리산 자락에 기대어 살고 있으니 큰 산이 품은 위용을 보여주고 싶은 마음이었다. 다음에는 섬진강이 선물하는 아름다움을 누리며 살아가고 있으니 그 물줄기를 찾아 발원지인 진안 데미샘까지 거슬러 올라가 보았다. 남해 미조에서 출발해 강원도 홍천까지 이어지는 19번 국도가 집 앞을 지나가는 덕분에 그 길을 따라 여행하기도 했다. 고삼 올라가기 전 겨울방학에는 삼박사일 일정으로 관동지방에 다녀왔다. 아들은 교과서에서 배우는 정철의 〈관동별곡〉은 해설자의 자의적 해석이 강해 문학 본디의 맛을 잃어버려 아쉽다며 교과서 밖에서 정철을 만나고 싶다고 했다. 나도 기꺼이 그 뜻에 동참하기로 했다.

"아들, 결혼하고도 엄마 아빠랑 여행 계속 할래?"

관동지방을 여행하고 돌아오는 길에 아들에게 슬쩍 물어보았다. 선한 웃음으로 그러겠다고 대답해주는 아들이 고마웠다.

육 년 동안 열두 번의 여행을 하는 동안, 몸이 자라는 것과 함께 아들의 마음이 자라는 것도 보았다. 일 년에 두 번 갖는 여행이라 세월의 마디가 일정한 간격으로 열두 개 생긴 셈이니, 그 마디들 사이사이에 깃든 아들의 생각을 볼 수 있었다. 차 안에서 나누는 대화를 통해, 관심 분야를 바라보는 시선을 통해 아들의 생각이 자라는 모습을 보았다.

아들이 대학에 들어가면서 가족 여행으로 바뀌어 둘만의 오붓한 여행을 할 기회는 없어졌지만, 여전히 아들은 나에게 정신적 친구이며 조력자이다. 키는 중학교 삼학년 때 이미 아비를 추월했고, 고등학교 이학년 무렵에는 생각의 보폭도 나란히 할 만큼 많이 성장했다. 한 아이의 생각이 나이테처럼 커지고 확장되는 과정을 여행을 통해 지켜보는 즐거움, 그 즐거움을 내게 선물한 아내가 고맙다. 그리고 오랜만에 아들과 오붓한 여행을 하도록 기회를 준 며느리에게도 새삼 고맙다.

바람이 수를 놓는 마당에 시를 걸었다

중학교 입학하고부터 아들은 한의사가 되는 게 꿈이었다. 초등학교 졸업하고 며칠 지난 어느 날, 나는 아들을 데리고 광화문 교보문고에 갔다. 산중에서만 자란 아들에게 도시의 너른 서점을 구경시켜 주고 싶었기 때문이다. 서점에 들어서면서 마음껏 구경하고 사고 싶은 책을 고르라고 했다. 각자 책을 구경하다가 한참을 지나 아들에게로 가니 약초 관련 코너에서 책을 보고 있었다. 그리고 집에 돌아와선 한의사가 되겠다는 꿈을 가졌다.

수능 시험을 치르기까지 아들의 꿈은 한 번도 바뀌지 않았다. 아내는 결혼 후에도 몇 년 동안 한약방에서 한약 조제하는 일을 했는데, 그 영향을 많이 받은 모양이라고 생각했다. 그런데 고등학교 일학년 때 아들은 뜻밖의 말을 꺼냈다.

"아빠, 일 년만 휴학하고 싶어요."

휴학이라니! 아내와 나는 예상치 못한 아들의 이야기에 조금 당황했지만, 곧 방학이니 그때 함께 생각해보고 결정하자는 말을 하곤 전화를 끊었다. 며칠 지나 집에 온 아들은 이야기를 쉽게 꺼내지 못했다. 나는 마을 뒤로 산책을 가자고 나서며 아들 손을 힘주어 잡았다.

"아들, 지난번에 전화로 한 말이 무슨 뜻이고?"

천천히 걸으며 부러 심각하지 않게 가벼운 투로 물었다.

"그냥 집에서 공부하고 싶어서요."

시험 성적이 기대에 못 미쳐 실망한 것이 역력해 보였다. 나는 평소와는 달리 단도직입으로 말했다.

"아들, 꿈을 한 단계 낮추자."

열일곱 살 아들의 꿈을 키워주지는 못할망정 낮추자고 말하는 심정이 안타까웠지만, 그 순간에는 그렇게밖에 말할 수가 없었다. 대학 입시에서 내신 비중이 높아진 탓에 같은 반 친구들이 경쟁자가 된 상황을 아들이 받아들이기 힘들어한다는 걸 알고 있었다. 산속에서 친구 없이 자란 아들은 경쟁에 익숙하지 못했다. 친구들을 경쟁 상대로 삼아 삼 년 내내 숨 가쁘게 달려야 하는 현실을 과연 받아들일 수 있을까. 그런 걱정이 앞섰던 탓에 나는 지리산 자락에 한의원을 차려 자연 속에서 몸과 마음이 자연스럽게 치유되도록 하는 멋진 한의사가 되겠다는 아들의 꿈을 무조건 밀어붙이라고 지지할 수는 없었던 것이다.

"아들, 아빠도 네가 멋진 한의사가 되면 좋겠어. 하지만 꿈 때문에 고등학교 시절을 가슴 한번 펴보지도 못하고 살얼음 위를 걷듯이 힘들게 보내는 건 바라지 않아. 꿈은 짐이 아니란다."

한 시간쯤 걸으면서 많은 이야기를 나누었다. 내신 성적에

바람이 수를 놓는 마당에 시를 걸었다

대한 부담감을 덜어준 덕분인지 아들 표정은 눈에 띄게 밝아졌다. 나는 성적 때문에 친구들과 경쟁하는 대신 책을 많이 읽고 생각하는 힘을 키우는 것이 좋겠다는 말을 덧붙였다.

대학교를 졸업하고 아들은 약국에 취업했다. 어느 날 아들이 지내는 원룸에 갔더니 월급 받을 때마다 두세 권씩 샀다는 시집들이 방바닥에 켜켜이 쌓여 있었다. 스물여섯 살 아들 자취방에는 직장 생활 아홉 달의 흔적들이 대책 없이 뒹굴고 있었다. 내가 "방 좀 치우면서 살지"라고 말했는데도 아들은 그 말을 미처 듣지 못했는지 시집 한 권을 펼쳐서 읽으며 말했다.

"아빠, 어쩌면 이런 표현을 할 수가 있어요?"

기계에 감성을 입힌 스티브 잡스가 좋아 시를 읽기 시작했다는 아들은 내게 시 몇 편을 더 읽어주었다. 그날 읽어준 시 가운데 하나가 류근 시인의 〈상처적 체질〉이다.

나는 빈 들녘에 피어오르는 저녁연기
갈 길 가로막는 노을 따위에
흔히 다친다

내가 기억하는 노래

나를 불러 세우던 몇 번의 가을

내가 쓰러져 새벽까지 울던

한 세월 가파른 사랑 때문에 거듭 다치고

나를 버리고 간 강물들과

자라서는 한번 빠져 다시는 떠오르지 않던

서편 바다의 별빛들 때문에 깊이 다친다

상처는 내가 바라보는 세월

안팎에서 수많은 봄날을 이룩하지만 봄날,

아무도 기억하지 않는 꽃들이 세상에 왔다 가듯

내게도 부를 수 없는 상처의

이름은 늘 있다

저물고 저무는 하늘 근처에

보람 없이 왔다 가는 저녁놀처럼

내가 간직한 상처의 열망, 상처의 거듭된

폐허,

그런 것들에 내 일찍이

이름을 붙여주진 못하였다

바람이 수를 놓는 마당에 시를 걸었다

그러나 나는 또 이름 없이

다친다

상처는 나의 체질

어떤 달콤한 절망으로도

나를 아주 쓰러뜨리지는 못하였으므로

내 저무는 상처의 꽃밭 위에 거듭 내리는

오, 저 찬란한 채찍

-〈상처적 체질〉, 류근

'내게도 부를 수 없는 상처의 이름은 늘 있다'라고 읽는 아들의 얼굴에 홍조가 돌았다. '내가 간직한 상처의 열망, 상처의 거듭된 폐허'를 읽을 때는 목소리마저 약간 떨렸다. 열일곱 살 아들에게 꿈을 한 단계 낮추자고 말할 수밖에 없었던 지난날이 떠올랐다. '이름을 붙여주'지 못한 상처는 어쩌면 아들의 꿈이 아니었을까 싶어 안쓰러운 마음도 들었다. 하지만 직장 초년생이 통장에 월급 들어오는 날 서점에 가서 시집을 사고 그 시집 뒤에 간단한 메모 남긴 것을 보면서 흐뭇한 마음이 들었다. 상처 아문 자리에 새살 돋듯, 아들의 꿈은 다른 모습으로 꽃을 피

우는 듯하여 기뻤다. 켜켜이 쌓아놓은 시집은 '저무는 상처의 꽃밭 위에 거듭 내리는' 꿈의 설계도처럼 보였다.

"아들, 시는 읽되 쓰지는 말아라."

자취방에서 아들이 읽어주는 시 몇 편을 듣고 나니 마음 통하는 친구를 만난 듯 반가웠지만, 나는 아들에게 시는 쓰지 말라는 당부를 농담처럼 던졌다. 시에 흠뻑 젖어, 시를 쓰고 싶어 젊은 시절을 가슴앓이로 보낸 아비를 닮아서는 안 된다는 염려 때문이었는지도 모른다. 대답 대신 아들은 웃어주었다.

'갈 길 가로막는 노을 따위에 흔히 다'치고, '서편 바다의 별빛들 때문에 깊이 다친다'는 시인처럼, 산에서 어린 시절을 보낸 아들도 자연의 작은 변화에 가슴 촉촉이 젖는 '상처적 체질'을 지니고 있다는 것을 안다. 이런 아들과 함께 시에 관한 이야기를 나눌 수 있다는 것은 아비로서 누릴 수 있는 큰 즐거움이다.

바람이 수를 놓는 마당에 시를 걸었다

열일곱 소년이 부르는 노래,
대지의 항구

나는 대체로 잠자리에 일찍 드는 편이다. 주로 생산 관련 일을 하는 탓에 해가 지면 일이 끝나지만, 아내는 사무 관련 일을 하기 때문에 밤늦은 시각까지 책상 앞에 앉아 있기 일쑤다. 그러다보니 일이 바쁜 대목에는 잠자리에 드는 시각이 서로 다를 때가 많다. 기다려서 함께 잠자리에 들어야 마땅하나 어찌된 일인지 졸음을 참는 것이 점점 더 어려워진다.

며칠 전에도 일찍 잠자리에 들어 곤하게 자다가, 늦은 시간에 일을 마치고 온 아내가 옆에 눕는 기척에 살포시 잠에서 깼다. 비몽사몽 눈도 못 뜬 채 '어서 자'고 하자, 아내는 졸음이 가득한 내 눈을 보며 장난스레 자장가를 불러달라고 했다.

버들잎 외로운 이정표 밑에
말을 매는 나그네야 해가 졌느냐
쉬지 말고 쉬지를 말고
달빛에 길을 물어
꿈에 어리는 꿈에 어리는
항구 찾아 가거라

그 순간에 왜 이 노래를 불렀는지 모르겠다. 노래를 불러달
라고 하니 부지불식간에 거의 자동으로 나온 노래이지 싶다.
나는 지독한 음치에 가사를 다 외우는 노래가 손에 꼽을 정도
이다. 그런 내 실력을 아는 아내는 키득키득 웃으면서도 '한 번
더' 하면서 앙코르 요청을 했다. 자다 말고 '생쇼'를 한 셈이다.
　내게 〈대지의 항구〉는 하도 불러서 거의 한 몸이 되다시피
익숙해진 노래이다. 내가 이 노래를 부르기 시작한 건 중학교
를 졸업하고 객지 생활을 시작한 열일곱 살이었다.
　돈을 벌어 스스로 공부하겠다는 야무진 꿈을 안고 시작한 객
지 생활이었지만, 열일곱 시골뜨기 머슴애가 마음 두고 정붙이
기엔 부산이라는 도시가 만만치 않았다. 국어사전 한 권과 신
문 사설을 읽는 게 그 당시 내 공부의 전부였다. 객지에서 사귄
친구들과 어울려 일찍 배운 술과 담배를 하느라 점점 공부와

멀어졌고, 그 갈급함을 잊으려고 더 술을 마시기도 했다.

술에 취해 비틀거리며 광복동 뒷골목을 지나 숙소로 돌아오는데, 그날따라 유난히 크고 밝은 달이 머리 위에서 발걸음을 따라오고 있었다. 눈물이 핑 돌았다. 그리고 고향에 계신 부모님과 동생들 생각이 났다. 그날, 눈물 콧물 범벅이 되어 부른 노래가 〈대지의 항구〉였다. 지금 생각하니 열일곱 소년이 부르기엔 너무 가슴 아린 노래가 아닌가 싶다.

나는 부모님과 동생들이 보고 싶을 때마다 고향을 그리는 노래들을 주로 불렀고, 그러다보니 〈대지의 항구〉가 평생 입에서 떠나지 않는 가락이 되었다. 가끔 딸에게 이 노래를 불러주면 한 소절도 채 끝나기 전에 "아빠, 그만!" 하고 외친다. 형편없는 노래 실력 탓도 있으려니와 고향 떠나 일찍 밥벌이에 눈뜬 소년의 심정을 경험하지 못한 탓도 있으리라.

술에 취해 비틀거리는 소년의 발걸음을 곁길로 미끄러지지 않도록 이끌어주던, 그날 밤 광복동의 달빛이 가슴에 각인되었을까. 쑥차, 강정 등 생산하는 모든 제품에 '달빛'이라는 이름을 쓰는 까닭도 그 때문일지 모르겠다. '달빛에 길을 물어'서라도 내 지향점을 찾고자 했던 소년의 마음에 위로를 주던 노래 〈대지의 항구〉를 아내에게 불러주며 '생쇼'를 하던 그날 밤도 즐거운 기억으로 오래 남으리라.

스무 살이 되던 해에 '광복동 생활'을 함께하던 친구와 사업을 시작했다. 학생복 전문점이었다. 사업을 시작한 지 이 년 만에 교복 자율화가 시행되면서 우리는 보기 좋게 망했다. 패기만으로는 성공할 수 없다는 뼈아픈 경험을 얻은 채 나는 산속으로 숨어들었다. 전기도 들어오지 않는 산속에서 스물둘, 스물셋의 나이를 보냈다.

도시로 갔던 친구는 삶에 지치고 힘들 때마다 내가 지내는 산골 오두막을 찾곤 했다. 경쟁하며 사는 삶을 견뎌내지 못하는 여린 심성의 그에게 지리산은 마지막 도피처 같은 곳이었을지도 모른다. 찾아오는 횟수가 점점 잦아지던 어느 날, 나는 친구의 사고 소식을 들었다. 그렇게 허망하게 친구를 보냈다.

마음이 가난한 자는 소년으로 살고, 늘 그리워하는 병에 걸린다

오십 미터도 못 가서 네 생각이 났다. 오십 미터도 못 참고 내 후회는 너를 복원해낸다. 소문에 돌아서면 잊어버리는 축복이 있다고 들었지만, 내게 그런 축복은 없었다. 불행하게도 오십 미

바람이 수를 놓는 마당에 시를 걸었다

터도 못 가서 죄책감으로 남은 것들에 대해 생각한다. 무슨 수로 그리움을 털겠는가. 엎어지면 코 닿는 오십 미터가 중독자에겐 호락호락하지 않다. 정지 화면처럼 서서 그대를 그리워했다. 걸음을 멈추지 않고 오십 미터를 넘어서기가 수행보다 버거운 그런 날이 계속된다. 밀랍 인형처럼 과장된 포즈로 길 위에서 굳어버리기를 몇 번. 괄호 몇 개를 없애기 위해 인수분해를 하듯, 한없이 미간에 힘을 주고 머리를 쥐어박았다. 잊고 싶었지만 그립지 않은 날은 없었다. 어떤 불운 속에서도 너는 미치도록 환했고, 고통스러웠다.

때가 오면 바위채송화 가득 피어 있는 길에서 너를 놓고 싶다

– 〈오십 미터〉, 허연

'마음이 가난한 자는 소년으로 살고, 늘 그리워하는 병에 걸린다' 이 한 줄이 좋아 나는 허연 시인의 〈오십 미터〉라는 시를 자주 암송한다. '그리워하는 병'을 치유하는 나만의 방법인지도 모른다.

친구를 허망하게 보내고 이십오 년이라는 세월이 흘렀지만, 그리운 마음은 조금도 줄어들지 않는다. 중학교 졸업하고 객지

에서 처음 만난 친구였던 그는 가수 조용필 씨를 많이 닮았었다. 둥글게 자른 장발 스타일의 옆모습 사진 두 장을 놓고 보면 누가 친구이고 누가 조용필 씨인지 분간하기 어려울 정도였다.

광주에 사는 지인이 조용필 공연 티켓 두 장을 선물로 보내준 적이 있다. 아내는 여중생 시절부터 좋아했던 '오빠 조용필'을 가까이서 볼 수 있다는 사실에 뛸 듯이 기뻐했지만, 나는 열일곱 살 광복동 시절을 소환해 조용필 닮은 친구를 '복원해'냈다. 수만 명이 운동장에 모여 함께 몸을 흔들며 노래를 따라 불렀지만, 나는 '정지 화면처럼 서서' 친구를 '그리워했다.' 어쩌면 광복동에서 보낸 소년 시절이 그리웠는지도 모를 일이다. 달빛 아래서 〈대지의 항구〉를 부르던 그 시절을 생각하면 늘 떠오르는 친구. '무슨 수로 그리움을 털겠는가.'

'소문에 돌아서면 잊어버리는 축복이 있다고 들었지만' '늘 그리워하는 병'을 가슴에 안고 사는 '마음이 가난한 소년'으로 남고 싶은 것은 또 무슨 까닭일까. 친구와 함께 보낸 세월 속에 고스란히 남아 있는 추억들이 떠오르고, 그 추억을 곱씹으며 노년을 함께 보내도 좋을 친구가 지금 곁에 없다는 사실을 깨달을 때면 '바위채송화 가득 피어 있는 길에서 너를 놓고 싶다'는 생각이 들기도 한다.

광복동 달빛 아래서 부르던 노래 〈대지의 항구〉가 객지 생활

의 외로움을 달래주던 가락이었다면, 시 〈오십 미터〉는 '잊고
싶었지만 그립지 않은 날' 없던 열일곱 소년 시절로 한 번쯤 되
돌아가보고 싶다는 허탄한 꿈인지도 모르겠다.

바람이 수를 놓는 마당에 시를 걸었다

내 일생의 가장 따뜻한
잠에 대한 기억

철없는 시절에 시작한 조그만 사업이 망해 빚만 짊어지고 산속으로 숨어든 나는 마음을 다스리기 위해 주로 영성 서적을 탐독했다. 그러나 이 년 정도가 지나자 산속 생활이 답답해지기 시작했다. 혈기왕성한 청년을 묶어두기엔 산속 생활이 너무 단조로웠던 것이다. 무언가 전환이 필요하다고 생각했고, 결국 무전여행을 하기로 마음먹었다.

1982년 12월, 나는 아버지께 편지 한 통을 남기고 또다시 집을 나섰다. 풍찬노숙을 각오하고 떠나는 길이었다. 비상식량으로 볶은 곡식 가루를 배낭에 조금 넣었을 뿐 돈은 한 푼도 챙기지 않았다. 아니, 챙길 돈이 별로 없었다는 것이 맞는 말이겠다.

극한 상황에서도 견딜 수 있는 의지를 시험하고 싶은 스물세 살 청년의 오기였는지도 모른다. 두 발로 걷는 거야 자신 있다지만, 먹고 자는 문제는 무전여행자에게 날마다 주어지는 숙제였다. 하루 백 리 길을 작정하고 걷다가 해가 저물 무렵이면 소도시의 교회나 마을회관으로 찾아가 하룻밤 묵기를 청하곤 했다.

전주에 도착한 날, 큰 도시에서는 무전여행자가 그리 환영을 받지 못하기에 조금 더 걸어서 익산군에 있는 작은 마을까지 갔다. 짧은 겨울 해는 여행자보다 앞서 길을 재촉했고 야속하게도 금세 어두워졌다. 급한 마음에 근처 교회에 들어가 사정을 이야기하니 목사님께서 한 집을 소개해주셨다.

"우째 그리 맛있게 묵습니께."

나는 그 댁 어머니가 차려주신 늦은 저녁밥을 한 그릇 뚝딱 비워냈다. 아들 같은 청년을 바라보는 어머니의 눈에는 눈물이 글썽했다. 일그러진 눈과 뭉툭한 손으로 차려내신 밥상 앞에서 주저하지 않고 수저 드는 사람이 많지 않았던 걸까. 어머니는 외부인이 와서 당신이 차려준 밥을 이렇게 맛있게 먹는 건 처음 봤다며 무릎걸음으로 다가와 손까지 잡아주셨다. 밥을 내어준 사람이 밥 얻어먹은 사람에게 오히려 고맙다고 말하는 상황

바람이 수를 놓는 마당에 시를 걸었다

이 가슴을 아프게 했다.

그 한 끼의 식사는 그 댁 아들과 나를 친구로 엮어주었고, 덕분에 나는 예정에도 없던 닭똥 치우는 일을 도우며 한 달 보름을 왕궁의 작은 시골 마을에서 지냈다. 한센병을 앓는다는 이유로 극한 소외를 겪으며 살던 그분께 말벗만 되어드려도 좋겠다는 생각으로 보낸 하루이틀이 한 달 보름이 된 셈이다. 음성 판정을 받은 한센병 환우들이 모여 살던 그곳은 양계장이 많던 탓에 냄새가 심하게 났지만, 며칠이 지나자 닭똥 냄새가 거짓말처럼 내 코에서 사라졌다.

가끔 겨울이 되면 따뜻하게 손을 잡아주시던 왕궁의 그 어머니가 생각난다. 스물세 살 무전여행자였던 내게는 존재 자체로 따뜻한 집이 되어주는 그런 분이었다. 〈앙:단팥 인생 이야기〉라는 일본 영화를 본 뒤로는 그분의 얼굴 위로 '도쿠에 할머니'의 모습이 겹쳐진다. 이 영화는 지인의 소개로 보게 됐는데 너무 좋아서 내리 두 번을 봤다. 소외를 안고 사는 주인공 세 사람의 깊은 교감도 좋았지만, 한센병을 앓는 도쿠에 할머니의 대사는 그 자체로 시처럼 아름다웠다. 소외와 격리로 인간다운 삶을 빼앗긴 채 오십 년을 살았지만, 늘 열일곱 살 소녀 감성으로 사는 도쿠에 할머니의 천진한 표정은 언제나 왕궁의 그 어머니를 떠올리게 했다.

1982년 겨울의 무전여행을 생각하면 떠오르는 또 한 사람이 있다.

비록 밥과 잠자리를 얻어야 하는 가난한 여행길이지만, 기쁜 마음으로 걷자고 스스로 '걸빈회(乞貧會)'라 이름 붙여 떠난 무전여행이었다. 자신에게 주는 위로가 담긴 그 이름이 그때는 부끄럽지 않았다.

무전여행을 하기로 마음먹고 하동에서 서울까지 도보로 이동하기 위한 계획을 세웠다. 화개에서 일박을 하고 구례를 거쳐 남원, 임실을 지나 계속 북쪽으로 올라갔다. 그날은 뭔 눈이 그리도 내리는지, 배낭 위에 쌓이는 눈도 무거울 수 있다는 걸 그때 알았다. 몇 걸음 못 가서 멈추고는 배낭을 흔들어 수북이 쌓인 눈을 길 위에 다시 쏟아부어야 할 정도로 대단한 폭설이었다.

눈보라 치는 국도변을 배낭 짊어지고 걷는 것은 여간 고행이 아니었지만, 그땐 워낙 '참된 삶'에 대한 갈망이 컸던지라 포기하면 안 될 것 같았다. 그저 묵묵히 걷는 것 외엔 달리 방법이 없었다. 사흘을 꼬박 걸어 도착한 곳은 관촌이라는 시골 마을이었다. 날은 어둡고 배도 고팠다. 멀리 예배당 불빛이 보여 무

작정 찾아갔다. 목회자는 없고 연세 든 장로님 부부가 예배당
을 관리하는 곳이었다.

"도보 여행 중인데 하룻밤 자고 갈 수 있을까요?"

불쑥 찾아든 청년을 어쩜 그리도 반갑게 맞아주시던지, 삼
십팔 년이 지난 지금도 그 모습이 눈에 선하다. 교회 옆 작은
건물에 딸린 방에서 하룻밤을 자고 아침밥까지 배부르게 얻어
먹었다. 고맙다는 인사를 드리고 떠나려는데 할아버지께서 오
천원짜리 지폐 한 장을 건네주셨다. 무전여행이라 돈이 필요
하지 않다고 말씀드렸지만, "그래도 꼭 쓸 곳이 있을 테니 받
아 가시게"라며 내 손을 잡고 꼭 쥐여주셨다. 꼭 잡아주시던
손만큼이나 따뜻했던 그 한마디는 한 달 보름 동안의 무전여
행을 견디게 하고 한뎃잠 자는 처량함을 달래는 밑천이 되고
도 남았다.

나는 요즘도 차를 운전하고 가다가 혼자 배낭을 지고 걸어가
는 청년을 만나면 꼭 차를 세운다. 그리고 내가 가는 길 어디쯤
에서 내려주며, 국밥이라도 사 먹으라고 만원짜리 두세 장을
손에 쥐여준다. 혼자 도보여행하는 그들에게 밥 한 그릇 사주
고 싶은 마음이 크기도 하려니와 관촌에서 만난 할아버지 장로
님께 받은 사랑의 빚을 갚고 싶은 마음도 있기 때문이다.

스물세 살의 겨울, 방황을 접지 못하고 헤매던 거리에서 '여관' 간판을 보고도 차마 들어가지 못하고 풍찬노숙을 택해야 했던 설움이 아직 가슴에 있는 탓일까. 여관의 바깥 화장실 앞에 켜진 오촉 백열등 불빛에서도 온기를 느낄 만큼 외로웠던 무전여행자 시절이 그래도 그리움으로 남아 있는 탓일까. 손순미 시인의 〈청춘 여관〉은 늘 따스하게 내 품을 파고든다.

열일곱의 머릿결 같은
비의 떨림을 들으며
나는 여관旅館이라는 아름다운 이름을 가진 집에 누웠다
어두운 편지 한 통을 던져두고 내가 도망쳐온
세상에서 가장 먼 집은 여관이었다
어머니를 뒤지고 아버지를 뒤지고 아무리 뒤져도 집은 빈털터리
비는 박음질하듯 신작로를 뛰어가고 있었다
기차와 비둘기와 그림자와 알 수 없는 중얼거림 속에
나는 아무 곳에나 운반되어졌다
내가 제대로 도착할 곳이 없었다

바람이 수를 놓는 마당에 시를 걸었다

위험한 평화는 계속되었다
세상 바깥을 걷는 듯
독한 방황을 가방 메고
내가 도착한 한 사나홀 여관의 시절
나를 말없이 꼬옥 덮어주던 여관이라는 따뜻한 이불
내 청춘의 바슐라르가 은신하고 있는,

시멘트 바닥을 가슴 치는 비의 현絃이 골목을 돌아 나가고
연보라 등꽃의 여관이 비에 젖는다
저 여관이 외로울 때는 누가 안아주지?

― 〈청춘여관〉, 손순미

'어두운 편지 한 통을 던져주고 내가 도망쳐온' 은신처에서
시인은 '세상에서 가장 먼 집'을 발견한다. 청춘이라는 여관은
'열일곱 머릿결 같은 비의 떨림'이 있는 곳이다. '시멘트 바닥
을 가슴 치는 비의 현絃'을 그윽이 바라보는 은둔의 장소이다.
누구에겐들 '세상 바깥을 걷는 듯'한 외로운 반항의 시절이 없
었을까. '아무 곳에나 운반되어'진 청춘의 도피처를 지니고 사
는 사람의 가슴에는 '연보라 등꽃' 피는지도 모르겠다.

방황을 택해야 했던 청춘의 시절은 지나갔는데, '독한 방황을 가방 메고' 길을 걷던 그 시절이 왜 그리운 것일까. '제대로 도착할 곳이 없'는 내게 '한 사나흘 여관의 시절'이 되어주던 관촌의 할아버지 댁은 '나를 말없이 꼬옥 덮어주던' '따뜻한 이불'이었다는 것을 이제야 깨닫는다.

나그네를 위한 숙소가 모텔이라는 이름으로 바뀌고 그 용도도 애매모호한 요즘, 이제 '여관'이라는 말은 여행자들에게 그리움의 대상이 되었다. 그런 탓에 시인은 '저 여관이 외로울 때는 누가 안아주지?'라고 묻는다.

피곤한 여행객들에게 따뜻한 잠자리는 여독을 풀기에 좋은 곳이다. 돌아갈 집이 있는 사람일지라도 여행지의 하룻밤 잠자리가 주는 달콤함은 잊을 수 없는 추억으로 남는 경우가 많다. 관촌에서 할아버지의 호의로 얻어 잔 하룻밤을 '내 일생의 가장 따뜻한 잠'으로 기억하듯.

바람이 수를 놓는 마당에 시를 걸었다

삶이 깊을수록
아름다운 리듬이 되더라

"어머니, 남해로 바람이나 쐬러 가실랍니까?"

매실나무 농장에서 웃자란 가지들을 잘라내는 작업을 하다가 문득 생각이 나서 어머니께 전화를 드렸다. 마침 서울 사시는 작은어머니도 내려와 계셔서 점심이나 대접할까 해서 나선 길이었다. 가까이 계시는 고모님까지 해서 노인 세 분을 모시고 나서니 한나절짜리 효도 관광이 되었다.

뜨거운 날씨에 젊은 사람도 걷는 것이 쉽지 않은데 세 분은 싫은 기색 하나 없이 잘 따라오셨다. 꽃을 좋아하는 세 분을 위해 원예예술촌에 먼저 들렀다. 자연을 있는 그대로 잘 살려 가꾸어진 숲길은 그늘이 많아 더위를 식히며 걷기에 좋았다. 꽃밭을 보며 좋아하시는 모습은 영락없이 소녀들이었다.

카페에서 팥빙수 두 그릇을 시켜 먹으며 잠깐 더위를 식혔다. 평일 한낮의 카페는 한산했다. 세 분은 카페에서도 오순도순 이야기꽃을 피우기에 여념이 없었다. 꿈 많던 소녀 시절의 추억들을 소환하니 웃음꽃까지 만개했다.

어머니는 잠시 쉬고 나선 더 신이 나서 꽃구경을 하셨다. 어머니 다리가 불편한 것이 내내 신경이 쓰였다. 힘드시면 언제든 말씀하시라 해도, 다리 아프니 이제 그만 돌아가시자 해도 어머니는 "내 평생 여기를 언제 다시 오겠냐"라며 길을 재촉하셨다. 유명 연예인이 운영하는 카페를 지나자 제법 가파른 오르막길이 이어졌다. 부축해 드린다고 해도 지팡이 짚고 혼자 걷는 게 더 편하다며 손사래를 치셨다.

한참을 오르니 광장이 나왔다. 잠시 쉴 만한 그늘을 찾아놓고 기다리는데, 굽은 다리를 지팡이에 의지해 천천히 올라오는 어머니가 보였다. 얼굴보다 그 발걸음이 먼저 보였다. 사진을 한 장 찍었다. 나도 나이가 들어서인가, 어머니에 대한 기록을 남기고 싶은 마음이 많이 들었다. 동영상도 찍었다. 쉬는 틈에 찍은 동영상을 보여드리니 "숭축스러우니 얼른 지워라" 하며 고개를 돌리셨다. 무릎이 좋지 않아 절름거리며 걷는 자신의 모습이 민망하셨던 모양이다.

어머니 만류에도 나는 동영상을 지우지 않았다. 어머니는 '숭측'하다고 하셨지만 내 눈에는 오히려 감동으로 다가왔다. 어머니의 걸음걸이에 실린 리듬에서는 가난한 살림에 다섯 자식 키우느라 논밭으로 다니며 일을 하신 흔적이 고스란히 묻어났다. 자식들이 나서서 수술을 권해도 "무릎 핑계로 밭일 안 하니 편해서 좋다"라며 끝끝내 병원 가는 걸 거부하신 어머니. 그 걸음걸이에서 애잔한 리듬을 보았다.

초등학교 시절 오전 수업을 마치고 돌아오다 먼발치에 주저앉아서 개 혓바닥같이 길고 질긴 여름 해가 꼬박 질 때까지 사래 긴 밭을 하염없이 오리락내리락하며 김매기 품을 팔던 어머니를 바라본 적이 있는데 그 지루한 리듬이 오늘날 내 시의 리듬이 되었다.

- 〈리듬〉, 조기조

남해 여행을 마치고 돌아온 다음 날, 시 한 편을 공책에 옮겨 적었다. 조기조 시인의 시 〈리듬〉이었다. 어머니가 품을 팔던 '사래 긴 밭'처럼, 행갈이를 하지 않은 몇 줄의 문장 속에 드러난 리듬은 귀로 듣는 것이 아니라 눈으로 보는 음악이었다. 허투루 감정을 표출하지 않고 담담히 써 내려간 글은 시인의 어머니가 김을 매는 밭고랑만큼이나 메말라 보였다. 그렇다. 글자 사이에 숨어 있는 그림을 찾아내기 전까지는 지극히 메마른 글이었다. 그런데 숨은 그림을 찾아내고 나니 그 리듬은 촉촉한 습기를 머금은 노래가 되어 내 가슴을 적셨다.

이 시를 처음 읽을 때 내 시선은 '김매기 품을 팔던 어머니'에게 멈추었다. 시인은 사래 긴 밭고랑을 오르내리던 어머니의 지루한 노동에서 '리듬'을 보았고, 난 그 리듬에서 어머니를 떠올렸다. 일정한 간격을 두고 불편한 다리를 한 걸음씩 내딛는 모습도 눈에 보이는 리듬이었기 때문이다.

시를 몇 번 읽다보니 다시 내 시선은 '오전 수업을 마치고 돌아오다 먼발치에 주저앉아서' 어머니를 바라보는 '초등학교 시절'의 시인에게 멈추었다. 집에는 어머니가 차려놓은 밥상이 있었을 테지만, 집에 가는 대신 '먼발치에 주저앉아서' 어머니를 바라봤을 시인의 기다림이 왠지 익숙한 풍경으로 다가왔다.

삶의 어떤 순간이 '리듬'이 되려면 참으로 많은 시간을 필요로 한다. 삶이 깊어질수록 리듬은 아름다워지기 마련이다. 자연이 들려주는 온갖 리듬들도 그러하다. 우리가 자연에서 보고 듣는 리듬은 경쾌하지만, 그 리듬을 만들어내는 데는 적잖은 고달픔과 인고의 시간이 필요하다. 나는 이러한 이치를 아내가 만드는 된장을 통해서 배운 적이 있다.

아내가 장 담지 않은 지 칠 년이 지났는데도 된장 사고 싶다고 전화를 주시는 분들이 제법 있다. 몇 군데 사서 먹어보아도 '달빛된장' 맛이 안 난다는 것이다. 아내가 된장에 들인 정성과 노고를 알기에 나는 그분들의 기억과 마음이 너무나 고맙다.

마지막으로 메주를 만들던 해 겨울은 유난히 추웠다. 콩을 삶아 메주를 만들면 먼저 원두막에 걸었다. 몸을 충분히 말린 다음에 황토방에 넣고 띄워야 제대로 발효가 되기 때문이다. 발효하면서 내는 소리에 취해 아내는 황토방 들락거리며 날마다 메주에게 문안 인사하는 것으로 하루를 시작했다.

"메주야 잘 잤니?"

하루는 밤사이 온도가 뚝 떨어질 것이라는 일기예보를 들은 아내가 원두막에 걸어놓은 메주를 황토방에 옮겨 놓자고 했다. 하지만 그 많은 메주를 황토방으로 옮겼다가 다시 원두막에 내다 거는 것이 여간 힘든 일이 아니었다. 나는 원두막 사방에 천막을 둘러두면 괜찮을 거라고 아내를 설득했다. 강추위는 며칠

바람이 수를 놓는 마당에 시를 걸었다

동안 이어졌다. 몸도 채 마르지 않은 메주는 추위에 그대로 노출됐고, 며칠 뒤에야 황토방으로 들어갔다.

황토방에 적당히 군불을 때서 메주 띄우기 좋은 온도로 맞추었다. 그런데 방에 들어갔다 나온 아내는 고개를 갸웃거렸다. 메주들이 발효될 때 내는 소리가 좀 다르다며 어두운 표정을 짓던 아내의 모습을 몇 년 지난 지금도 잊을 수가 없다. 적당한 리듬으로 소나기 내리는 소리가 들려야 하는데, 그 소리가 들리지 않는다는 것이었다. 괜찮을 거라며 안심을 시켜도 아내의 걱정은 줄어들지 않았다. 더 많은 정성과 문안 인사를 나눈 뒤, 음력 정월 볕 좋은 날 삼 년 간수 뺀 소금을 물에 풀고 항아리를 소독하고 숯과 대추와 말린 명태도 넣어 장을 담았다.

몇 달 뒤, 장 가르기를 하던 아내는 단맛이 나야 하는 된장에 신맛이 섞였다며 또다시 어두운 표정을 지었다. 일 년 더 숙성시키면 제맛을 찾을 수도 있다며 옆에서 몇 마디 거들었지만 아내는 한 번 잃은 맛은 돌아오기 힘들다며 한숨을 쉬었다. '언 메주는 신맛을 품는다'는 것을 비싼 수업료 내고 배운 셈이다.

그해 담은 콩 사십 가마 분량의 된장은 고스란히 우리 집 앞마당 장독에 남아 있다. 민감한 미각이 아니면 감지할 수 없는 맛의 차이인데도 아내가 돈을 받고 팔 수 없다며 고집을 부린 탓이다. 칠 년을 지나면서 어떻게 맛이 바뀌었을까, 앞으로 몇 년 더 지나면 또 어떤 맛으로 바뀔까. 앞마당의 장독을 볼 때마다 궁금하다.

그해를 마지막으로 아내는 된장을 담지 않는다. 하지만 메주가 내는 소리 듣기 위해 황토방 들락거리던 아내 모습은 여전히 내 가슴에 남아 있다. 온도와 습도 적당하게 어우러져 만들어내던 소나기 소리, 그 리듬을 아내도 그리워하고 있을까.

어머니의 불편한 걸음걸이에 마음이 아려오는 동안에도 색색의 꽃들이 어우러져 핀 곳에 눈길이 갔다. 그리고 강아지풀 몇 포기가 바람에 하늘거리는 모습이 눈에 들어왔다. 강인한 생명력은 들풀이 가진 힘이다. 땅을 갈아엎기만 하면 어느새 씨앗이 날아와 싹을 틔우는 들풀을 보면 모성을 떠올리게 된다. 오직 자식을 위해 고단한 삶을 묵묵히 살아내신 어머니. 어떻게 어머니는 그토록 끝도 없이 자식들을 위한 수고를 마다하지 않으셨을까.

어머니는 "사회적 명성을 얻은 자식은 한 명도 없지만 애먹이는 자식 없는 걸로 만족한다"라는 말씀을 가끔 하신다. 주어도 주어도 늘 모자란 듯 미안해하시는 어머니를 보면서 이제는

받은 사랑 되돌려드려야 할 때임을 알면서도 자식 도리를 제대로 하지 못하는 불효의 시간은 빨리도 흐른다.

　자식들을 위해 온 생을 바친 어머니의 걸음걸이에 실린 리듬은 앞으로 내가 살아갈 이유가 되었다. 힘들고 어렵지만 노동을 받아들이고, 더 열심히 농사지어야 할 명분이 되었다. 어머니가 그러하셨듯이 나 또한 자식들을 위해 내 짐을 지고 걸어가야 한다는 다짐을 하는 짧은 여행이었다.

　　　　　　　　　　　바람이 수를 놓는 마당에 시를 걸었다

한평생 고락을 함께하는
일의 숭고함

휴대전화를 만지다 무얼 잘못 눌렀는지 화면에 느닷없이 내 얼굴이 나타났다. 거울에서 보던 얼굴보다 더 나이 들어 보이는 중년의 사내를 받아들이기 싫어 화면을 끄려다가 호기심이 생겨 버튼을 눌러보았다.

이건 아니야, 이것도 아니야, 그래도 아니야. 내 셀카 놀이는 세 번 만에 막을 내렸다. 셀카로 찍은 사진 속 남자의 모습이 어쩐지 어색해 보였기 때문이다. 화면에 나타난 내 얼굴을 본 기분이 쓸쓸하여 차례대로 사진을 지우는데, 멀찍이서 지켜봤는지 아내가 물었다.

"셀카 찍었어?"

대답 대신에 빙긋 웃어주었다. 처음 찍어본 셀카 사진 몇 장에 실망하여 사진을 지우는 내 마음을 알기라도 하는 듯 아내는 "이 꽃 봐봐. 정말 예쁘지?" 하며 말을 돌렸다. 다포 위에 얹어놓은 말린 호박꽃 하나를 가리키며 묻는 것이었다.

"그려, 호박꽃도 그 자리에 앉으니 더 예쁘구만."

나란히 둔 부추꽃이 조연이 된 탓에 더 빛나는 진노랑 호박꽃을 바라보며 차를 마셨다. 말린 호박꽃에서 수수한 아름다움을 보고 있자니 지워버린 사진 세 장이 마음에 걸렸다. 내 얼굴을 내가 사랑하지 않으면 누가 사랑해줄 것인가, 주름살 늘어가는 농부의 얼굴을 부끄러워 말아야지 하는 생각이 들었다.

호박꽃뿐만 아니라 늙은 호박을 무척 좋아하는 아내는 해마다 두세 덩이를 차실에 두고 여름까지 본다. 손님들과 차를 마시다가 "우리 호박 잘생겼죠?" 하고 물으면, 손님들은 정말 잘생겼다고 맞장구를 친다. 그럴 때면 나는 '뭐 자랑할 게 없어서 늙은 호박을 자랑하나' 싶어 혼자 웃는다.

늦가을에 들여놓으면 겨울 지나는 동안 호박은 자신의 얼굴에 스스로 분칠을 한다. 바뀐 환경에 적응하기 위한 생존 전략인지 모르지만, 그 화장 탓에 상하지 않고 봄을 맞는다. 우리 집 차실에 둔 늙은 호박은 겨울과 봄을 지나고 여름이 와도 그 자리를 지키고 있다. 보통은 겨울이 지나기 전에 늙은 호박으로 죽을 끓여 먹는데 아내는 그럴 생각이 없다. 울퉁불퉁 튼실하게 잘 여문 모습이 얼마나 어여쁜지 아내는 계절이 몇 번 바뀔 때까지 곁에 두고 지켜본다. 호박꽃 말려 찻상에 놓고 보는 마음과 늙은 호박 두세 덩이 겨우내 쓰다듬으며 손님들에게 자랑하는 아내를 보며, 농부로 살아온 내 얼굴을 떠올려본다. 밭에서 일하는 시간이 많다보니 잘 익은 호박처럼 굵은 주름만 늘었고, 볼살이 빠진 얼굴에는 중년의 중후함이라고는 찾아볼 수 없다. 그런 사람을 어루만지고 품어주는 아내가 새삼 고맙다는 생각이 든다.

봄비 내리는 어느 아침나절이었다. 화개가 고향인 친구가 부모님을 모시고 우리 집에 찾아왔다. 부모님께 꼭 보여드리고 싶었다고 했다. 고마운 마음에 차실로 안내했다. 봄비에 꽃잎 떨어지는 걸 창밖으로 보면서 하나 아쉽지 않다는 듯 여덟 사람은 오붓하게 둘러앉았다. 화개에 오래 사신 탓에 차를 만들고 접한 세월이 나보다 훨씬 오래신지라 조심스러웠지만, 어르신의 격 없는 덕담 몇 마디가 봄비처럼 마음을 촉촉이 적셔주었다.

열네 살 소년을 신랑으로 맞아 육십오 년을 함께 사신 네 살 연상의 아내가 들려주시는 이야기에는 사월의 연두도 어찌하지 못할 춘정이 실려 있었다.

"여지껏 여보라고 한 번 불러보지 못했어. 장 즈가부지였지."

마당에 핀 복사꽃처럼 목소리도 분홍이었다. 열여섯에 첫아들을 얻은 남편이 그렇게 든든해 보일 수가 없었다고 말씀하시는 할머니. 사람들은 "이제 열네 살 머슴아그가 뭘 알아?"라고 했지만, 시집을 가보니 '즈가부지'는 이미 철이 들어 있더란다.

열여덟에 결혼하여 스물에 첫아이 낳았으니 그 이태 동안의 호칭이 몹시 궁금했다. 열넷 소년과 열여덟 소녀가 혼인을 하고 차린 신방에서 그들은 서로를 어떻게 불렀을까. 경상도 지방에서 연세 지긋하신 부부가 상대를 부르는 호칭은 '주가부지', '주구매'가 주를 이룬다. 심지어 더 줄여서 '주매'라고 하기도 한다. 하지만 그날 아침나절 할머니의 호칭은 '주가부지'가 아니라 '즈가부지'였다.

음성학에 대한 식견은 전무하지만, 내 느낌에는 '주가부지'보다 '즈가부지'가 더 애정이 실린 음성이다. 입술을 웃는 형태로 만들어야 나오는 발음이기 때문이다. 소년의 홍안과 청년의 기골을 유지하며 사는 연하의 남편 때문에 늙지 못한다는 할머니의 수줍어하시는 모습은 천상 열여덟 소녀였다.

열여덟 소녀가 네 살 아래 신랑을 만나 육십오 년을 살고도 목소리에서 분홍빛 묻어나는 걸 보면서 내 할아버지와 할머니 생각이 났다. 할머니는 열네 살 때 열 살 연상의 할아버지를 만나 결혼을 하셨다. 두 분의 결혼 육십 주년 되는 날, 한 집에서 모시고 살던 우리 부부가 회혼식을 치러드렸다. 회혼식을 하고도 십이 년을 더 함께 사셨으니 부부로 만나 아름답게 해로하신 셈이다. 시부모님을 평생 모시고 산 어머니는 두 분이 큰 소리로 다투는 모습을 본 적이 없다고 자주 말씀하셨다.

세월 아무리 흘러도 부부 사이 맺은 정 조금도 줄어들지 않는 친구의 부모님이나 내 조부모님을 생각하면 떠오르는 시가 있다. 낯모르던 두 사람이 부부로 만나 한평생 고락을 함께하는 일의 숭고함을 나타낸 서정홍 시인의 〈가장 짧은 시〉이다.

아랫집 현동 할아버지는
몇 해째 중풍으로 누워 계신 할머니를,
밥도 떠먹여 드리고
똥오줌도 누여 드립니다

요양원에 보내면 서로 편안할 텐데

왜 고생을 사서 하느냐고 이웃들이 물으면

딱 한 말씀 하십니다

-누 보고 시집왔는데!

-〈가장 짧은 시〉, 서정홍

　평생을 함께 살다가 한 사람이 병을 얻으면 요양원에 보내는 게 더 편안한 세상. 그러나 '현동 할아버지'는 자신을 믿고 평생을 살아온 아내를 차마 요양원에 보낼 수 없어 간병을 하신다. '서로 편안할' 것이라고 이웃들이 부추기는데도 '누 보고 시집왔는데!' 이 한마디로 부부가 되기로 한 날의 언약을 끝내 지키겠다고 다짐한다. 그 한마디는 울림이 큰 시 한 편이 되고도 남는다.

　오랜만에 부부가 함께 나선 모임에서 어떤 이가 "결혼한 지 십 년이 넘었는데도 운전할 때 슬그머니 잡아주는 남편 손길에 가슴이 떨린다"고 말하는 것을 유심히 들었다. 나도 그 떨림을 선물하고 싶어 돌아오는 길에 아내 손을 슬그머니 잡았다. 일찍 물든 벚나무 잎은 작은 바람에도 흔들리고 있는데 아내의 눈빛에는 장난기만 잔뜩 묻어 있었다.

"안 떨려?"

서른 해 함께 산 남편이 손 한 번 잡아준다고 설레고 가슴 떨린다면 지극히 비정상인 줄 알면서도 넌지시 물어보았다. 돌아오는 대답은 꽃잎에 내려앉는 나비 몸짓처럼 가볍다.

"하도 자주 잡아서."

아내의 말에 나도 그만 환하게 웃음을 터트리고 말았다. 그렇지, 매일매일 함께 울고 웃으며 살고 있는데 그런 순간의 설렘이 뭐 그리 대수이겠는가. 세월 아무리 흘러도 서로를 향한 지극한 마음만 있다면 그것으로 충분하지 않겠는가.

지리산 홍매와
어느 노스님의 분홍색 찻잔

지리산 화엄사에 피는 홍매는 짙붉다 못해 검붉은 빛을 띠어 '흑매'라 불리기도 한다. 꽃이 보고 싶다며 천 리 길을 달려온 벗들이 있어 하루 시간을 비우고 화엄사에 갔다. 꽃구경을 실컷 하고 사진까지 찍은 다음 보제루에 앉았다가 돌아오려는데, 아내가 절 뒤쪽에 있는 암자에 들르자고 했다. 며칠 전 친구와 함께 갔었는데 암자 쪽마루에 앉아 햇볕을 쬐던 느낌이 너무 좋았다면서 우리를 안내했다.

구층암을 지나 대나무 숲길로 조금 걸으니 작은 암자가 나타났다. 평소에는 방문객 출입을 제한하고 꽃철에만 잠시 개방을 하는 곳이었다. 가파른 돌계단을 올라가 마당가 수도에서 물한 모금을 마셨다. 사방이 조용했다. 쪽마루에 걸터앉아 있으니 스님께서 문을 열고 나오셨다. 나는 조심스럽게 양해를 구했다.

"제 아내가 며칠 전에 이 마루에서 햇볕을 두어 시간 쬐고 갔는데 너무 좋았다고 해서 함께 왔습니다. 잠깐 앉았다 가도 될까요?"

스님은 대답 대신 커피 한잔 내려줄 테니 들어오라며 손짓을 하셨다. 다섯 평 남짓한 방안에는 차 도구 몇 가지와 벽에 걸린 옷 한 벌이 전부였다. 텅 빈 듯 단출하고 정갈해 보였다. 스님은 커피를 종이컵에 따라주시면서 도자기로 만든 분홍색 찻잔 하나를 보여주셨다. 인근 암자의 노스님 한 분이 점심 공양 마치고 꼭 들러서 커피를 드시는데, 그분의 전용 찻잔이라고 했다. 청춘을 수행으로 다 보낸 노스님께 마음이라도 젊게 사시라고 신도 한 분이 분홍색 찻잔을 선물했다고 한다.

스님께 그 말씀을 전해 듣고 바깥을 보니, 잘 다듬어진 반송 너머로 홍매가 붉게 빛나고 있었다. 문만 열어도 분홍 천지인데 방안에 또 분홍을 두고 갔으니, 몸은 늙는데 마음 더욱 젊어 오는 따뜻한 저 형벌을 어쩔 것인가. 쓸데없는 걱정을 했다.

꽃 탐하고 싶은 날 만난 사람 하나 빛으로 출렁거리고 있었다.

무서운 시 한 번 써 보자고 불끈 힘주는 손에 힘줄이 파닥파닥 돋아나 꽃이 되었다.

연초록 꽃대와 진홍빛 꽃술이 얼마나 아름다운지 그대는 결코 알지 못하리.

문득 갇힌 입을 오물거리면 꽃 흙에서 잠이 든 벌레들이 포근하게 졸린 눈을 비볐다.

화안한 세월 옆에 얼굴을 묻으며 나 잠시 울었던가.

누군가 고막을 힘껏 울리자 화려한 팡파르가 흘러나왔다.

봄에는 꽃이 흔해 덜 외롭겠다고 흥흥, 콧소리마저 내던 그날. 미치게 꽃이 그리운 날. 시가 그리운 날. 그대 얼굴 절대 떠올려지지 않는, 투욱 핏덩이로 떨어져 내리는 동백꽃 탐스러운 꽃봉오리 앞에서 저문 묵념이라도 올려야 하겠는.

— 〈그날〉, 박미경

용맹정진하던 마음 느슨히 풀고 사립문 열어 사람을 맞는 산중 암자의 뜰, 그곳에 꽃 보러 갔다가 '빛으로 출렁거리'는 분을 만난 것이다. '봄에는 꽃이 흔해 덜 외롭겠다고 흥흥' 콧노래 부르는 시인과 '봄에는 꽃이 흔해' 더 외롭다고 분홍색 찻잔의 주인을 기다리는 스님이 어딘가 닮았을 거라는 생각을 했다.

봄은 산벚나무 눈트는 소리만큼 여린 소리로 산중을 찾아들고, 그 소리에 놀라 비로소 좁은 산길 끝 작은 문을 열어놓는 마음. 산속 깊은 곳에서 수행자들끼리 나누는 봄날의 교분이 꽃보다 아름다워 보이는 날이었다.

벗들과 함께 꽃을 탐하기 위해 길을 나선 참이니 분위기 있는 카페에서 오랜만의 여유를 더 만끽하고 싶었다. 암자에서 내려와 점심을 먹고 '다가오다'라는 카페에 갔다. 식당으로 운영하다가 내부를 개조해 카페로 다시 문을 연 곳이다. 대학을 갓 졸업한 딸이 부모님과 함께 운영한다고 했다. 사오 년 전, 구례 농업기술센터 행사장에 갔다가 어떤 학생의 해금 연주에 푹 빠진 적이 있다. 대학 다닐 때 해금을 소재로 단편소설을 쓸 정도로 해금 연주를 좋아하는데, 그래서인지 그날의 연주는 오래 기억에 남아 있었다. 그런데 카페에서 부모님을 돕는 딸의 얼굴이 낯익다 싶어 기억을 더듬으니 바로 그날 해금을 연주하던 학생이었다. 그날 해금 연주를 듣고 너무 좋았는데 고맙다는 인사를 이제야 한다며 알은체를 했다.

바람이 수를 놓는 마당에 시를 걸었다

우리 일행은 황차를 주문해 마시고 있었다. 십여 분 지났을까. 누가 청하지 않았는데 젊은 연주자가 해금을 갖고 나와 두 곡을 연주했다. 해금은 언제 들어도 좋다. 가슴에 묵직한 돌 하나 얹어지는 듯 숨이 막히게 아름다운 소리를 내는 악기이다. 음악 속으로 빠져드는 내 마음은 매혹당한 듯 붉게 물들었다. 아무리 나이 들고 몸이 늙어도 아름다움을 탐하는 마음은 그대로인가보다.

뜻밖에 건네받은 음악 선물이 고마워서 나도 환한 웃음과 박수로 화답했다. 그저 카페에 들른 손님 중 한 사람으로 대했어도 그만이었을 텐데, 별것 아닌 인연도 소중하게 대해주는 것 같아 그 마음이 너무 고마웠다. 함께 갔던 일행도 해금 연주에 푹 빠진 듯 달콤한 꿈을 꾸는 표정들이었다.

꽃구경을 마치고 집으로 돌아오는 차 안에서 일행 중 한 명이 나지막이 읊조리듯 말했다.

"살면서 오늘처럼 이렇게 예쁜 꽃을 몇 번이나 더 볼 수 있을까요?"

다른 사람들도 똑같은 생각을 하고 있었던 걸까. 차 안에는 잠시 정적이 흘렀다. 내가 부러 웃으며 말했다.

"꽃이 미치게 보고 싶을 땐 언제든 지리산으로 오이소."

검붉은 홍매의 강렬함이 그렇듯이, 자연의 아름다움은 모든 사람에게 똑같은 감동을 준다는 점에서 그 한결같음이 평생을 함께하는 친구처럼 듬직하다. 살다보면 혼자서 속을 끓여야 할 때도 있고, 모욕을 당한 듯 얼굴이 화끈거리는 날도 있을 것이다. 그럼에도 이렇게 계절마다 제 몸을 바꾸며 감동을 주는 자연과 함께 나이 들어간다면 가끔 쓸쓸해도 슬프지는 않을 것 같다.

바람이 수를 놓는 마당에 시를 걸었다

꽃이 진 자리에
열매 열리는 자연의 이치

    늦여름에 시작해 초겨울까지 세 계절을 피고 지는 차꽃은 분답스럽지 않아 좋다. 있는 듯 없는 듯 잎 속에 숨어 피는 꽃을 온전히 만나려면 무릎을 꿇는 것이 좋다. 그래야 비로소 천지의 향을 품은 고운 자태를 슬쩍 드러내기 때문이다. 하얀 꽃잎이 수북하게 품고 있는 노란 수술들을 보는 일은 왜 그렇게 설레고 기분이 좋은지.

    설레고 기분 좋은 일은 또 있다. 오랜 친구를 기다리는 일이다.

    마당에 들어서는 친구 얼굴에 차꽃을 닮은 환한 웃음이 번진다. 가족과 함께 내가 손수 지은 황토방에서 하룻밤 묵겠다며 며칠 전 전화로 '예약'을 해놓은 터였다. 반갑게 마주 잡은 손 끝에서 온기가 느껴지고 마음까지 푸근해진다. 중학교를 함께 다닌 친구이니 소식 전하지 못하고 살아온 세월이 사십 년인데도 바로 엊그제 만났던 것처럼 친근함이 느껴졌다.

친구는 마을 어귀에 들어서니 어렸을 적 산길을 따라 외갓집에 놀러 다니던 기억이 새록새록 떠올랐다며 추억에 잠기는 표정이다. 사람 한 명 겨우 다닐 좁은 오솔길이었던 것이 지금은 이차선 도로로 바뀌었지만 그 길에 서린 추억은 그대로였나보다.

이튿날 아침 마당에 나가니 황토방 앞에 가만히 놓인 신발 네 켤레가 먼저 눈에 들어왔다. 친구는 여든한 살 어머니와 서른여섯 살 딸, 그리고 여덟 살 손녀와 함께 여행을 왔다. 무려 사대에 걸친 가족이 여행을 온 것이다. '여자들끼리' 여행 온 사연이 자못 궁금했지만 묻지는 않았다. 그저 소식 나누지 못하고 산 그 세월 동안 친구는 딸이었다가 엄마였다가, 이제 할머니가 되었구나 하는 생각을 했다.

아침식사 전에 다 같이 둘러앉아 차를 마셨다. 서른여섯 딸아이는 잘 잤느냐는 물음에 화사한 웃음으로 답을 했다. 낯선 곳에 와서 불편한 자리일 법도 한데 할머니까지 살뜰히 챙기며 미소를 잃지 않는 모습이 아침 햇살과 함께 가슴으로 파고

들었다.

어린 시절의 벗을 만나면 으레 그렇듯이 나와 친구는 눈빛으로 위안을 주고받았다. 딸과 나란히 앉아 있는 친구의 모습은 편안해 보였다. 그 모습을 보며 꽃이 진 자리에 열매 열리는 자연의 이치가 새삼스레 가슴에 와닿았다. '꽃의 시절' 다 보내고 '꽃 같은 자식' 옆에 가만히 있는 모습이 차나무를 닮은 듯했다.

꽃이 진 다음에야 열매가 열리는 여느 나무와 달리 차나무는 꽃이 필 때 열매도 함께 열린다. 그래서 차나무를 일컬어 '실화상봉수(實花相逢樹)'라고도 한다. 작년에 피었던 꽃이 올해 열매가 되고, 올해 핀 꽃은 내년에 열매가 된다. 그렇게 꽃은 작년에 피었던 꽃이 남기고 간 열매를 지금 만난다. 꽃과 열매가 만나 함께 열리지만 '꽃이 진 자리에 열매 열리는 이치'는 크게 다르지 않은 셈이다.

자연은 생명을 잉태하고 기다리는 모성의 숭고함을 일깨워 주기도 하지만, 세월이 지나 자식이 성장하면 부모의 자리조차 내어주고 뒤에 서 있는 사람이 되어야 한다는 지혜를 알려주기도 한다.

바람이 수를 놓는 마당에 시를 걸었다

사십 년 만에 만난 친구의 가족은 하룻밤 자고 떠났다. 겨우 하룻밤인데도 그들이 남긴 파문이 작지 않았던 모양이다. '갑자기 날아온 새는 내 마음 한 물결 일으켜놓고 갑니다'라는 시구가 생각났다. 친구와 친구의 꽃 같은 딸은 정말로 '갑자기 날아온 새'처럼 깃을 접을 시간도 없이 훌쩍 더 먼 곳으로 날아가 버린 것이다.

세상이 나를 잊었는가 싶을 때

날아오는 제비 한 마리 있습니다

이젠 잊혀져도 그만이다 싶을 때

갑자기 날아온 새는

내 마음 한 물결 일으켜놓고 갑니다

그러면 다시 세상 속에 살고 싶어져

모서리가 닳도록 읽고 또 읽으며

누군가를 기다리게 되지요

제비는 내 안에 깃을 접지 않고

이내 더 멀고 아득한 곳으로 날아가지만

새가 차고 날아간 나뭇가지가 오래 흔들릴 때

그 여운 속에서 나는 듣습니다

당신에게도 쉽게 해지는 날 없었다는 것을

그런 날 불렀을 노랫소리를

- 〈나뭇가지가 오래 흔들릴 때〉, 나희덕

그들이 남기고 간 온기는 '내 마음 한 물결 일으켜놓'았고, 나는 '새가 차고 날아간 나뭇가지'처럼 오래오래 흔들릴 것 같다. 그 흔들림 바라보면서 당분간 내 마음에 '다시 세상 속에 살고 싶어져 모서리가 닳도록 읽고 또 읽으며 누군가를 기다리게' 될지도 모르겠다.

한적한 시골 생활이 뭐 그리 좋으냐고 말하는 사람들도 많지만 나는 굳이 시끌벅적한 다른 세상이 아쉽지도 그립지도 않다. 그런데 가끔은 오랜만에 만난 누군가가 내가 등져온 다른 세상을 궁금하게 만들기도 한다. 또 때로는 농사나 다른 일이 뜻대로 되지 않아 낙담하는 마음이 올라올 때 불쑥 나타난 어떤 이에게서 세상살이의 희망을 배우고 크게 마음이 열리는 경험을 하기도 한다.

그래서일 것이다. 나는 한적한 산중의 맑은 공기가 그리워

찾아드는 벗들과 차를 나누고 싶어 해마다 봄이면 여린 찻잎 비벼 정성껏 차를 만든다. '이젠 잊혀져도 그만이다 싶을 때' 불쑥 찾아와 나뭇가지 흔들고 가는 벗들이 있다면, 나는 앞으로도 계속 차를 만들 것이다. 빠름을 추구하는 세상에 적응하지 못해 '날아오는 제비 한 마리 있'다면, 그들과 함께 차를 마시며 오래 흔들리는 여운을 즐길 것이다.

우리 집 마당에 차나무가 꽃을 피우기 시작한 지 십 년이 넘었지만 아직까지 차나무의 성정을 잘 이해한다 말하기는 어려울 것이다. 둔한 사람이다. 그럴지라도 해마다 하얀 차꽃을 볼 수 있고, 벗들을 위해 차를 준비할 수 있으니 그것으로 족하다.

꽃이 핀 바로 그 자리에 열매가 열리듯, 지는 꽃잎에 황홀한 외로움 스며와도 나는 여기 이 자리에 그대로 있어야겠다. 내가 꽃잎으로 지는 날 올 때까지는 지금 있는 이곳에서 오래도록 흔들리고 그리워하며 하루하루를 오붓하게 살아낼 것이다.

바람이 수를 놓는 마당에 시를 걸었다

한 걸음만 느리게 살면
인생도 맛있습니다

"사진 한 장 살래요?"

종일 일하고 막 잠자리에 들려고 하는데 아내가 느닷없이 물었다.

"사진이 좋으면."

대답을 하고 자리에서 일어나 아내가 찍은 사진들을 봤다. 읍내 터미널에 딸을 데려다주고 오는 길에 찍은 평사리 사진이었다.

"얼마면 돼?"

평사리의 빈 들녘을 지키는 부부 소나무의 다정한 모습도 좋았지만, 골짜기마다 안개를 품은 채 저들만의 밀어를 나누는

겨울 산의 고요함도 좋아 보여 그만 대답을 하고 말았다. 값을 흥정하는 것은 사진이 마음에 들었다는 표시인 줄 아는 아내는 뜸을 들였다. 결국 이십만 원에 합의를 보고 아내가 휴대전화로 찍은 사진 몇 장을 건네받았다. 블로그에 사진과 함께 글 한 꼭지를 올렸더니 반응이 뜨거웠다.

사실 평사리는 우리 부부가 특별한 기억을 갖고 있는 곳이기도 하다. 산속 생활을 접고 내려왔을 때 처음에는 농사와 민박만으로 생활하는 것이 여의치 않았다. 고민 끝에 장사를 하자 마음먹고 적당한 장소를 물색하다가 찾아낸 곳이 평사리였다. 평사리는 소설《토지》의 무대가 되는 곳인데, 하동군에서 소설에 나오는 '최참판댁'을 실제처럼 조성해 놓아 관광객이 제법 찾아오는 곳이 되었다. 마침 방송국에서 드라마도 촬영하고 있어 관광객은 점점 늘어날 것이라 예상하고 빈터를 하나 빌렸다. 주차장에서 내려 최참판댁까지 걸어가는 오백여 미터 골목길에 군것질할 만한 곳이 한 군데밖에 없는 것을 알고 뻥튀기 장사를 시작했다.

중학교 다니는 아들 손을 빌려 함께 가건물을 지었다. 이틀만에 뚝딱 지은 네 평 남짓한 공간에서 뻥튀기를 팔았는데 꽤 수입이 괜찮은 장사였다. 최참판댁 올라가는 사람들에게 갓 튀긴 뻥튀기를 맛보기로 하나씩 나누어주면 내려올 때 한 봉지씩

사가곤 했다.

생각보다 장사가 잘되자 일요일에는 아내도 나와서 함께 도왔다. 하루는 매표소 쪽에서 중학교 때 남자친구가 올라오는 것을 보고 아내가 얼른 몸을 숨겼다. 누군가 아내를 봤다면 "꽤 인기 있던 여학생이 시집을 가더니 겨우 길거리에서 뻥튀기나 파는구나"라고 수군댔을까.

드라마 〈토지〉가 방영을 시작하니 더 많은 사람이 몰려왔고, 덕분에 녹차 식혜와 팥빙수를 메뉴에 추가하여 관광객들이 쉬어가는 장소로 만들었다. 드라마 촬영 스태프들과 연기자들도 녹차 식혜를 마시러 자주 왔고, 자그만 뻥튀기 가게는 제법 명소가 되었다.

"최참판 후손이 아직 이 마을에 살고 있소?"

뻥튀기를 사려고 줄을 서서 기다리면서 가끔 이렇게 묻는 사람도 있었다. 소설의 무대 평사리에서 아직 헤어나오지 못한 몽환적 여행자들에게 나는 "저기 평사리 들판에 가면 지금 콤바인으로 타작하고 있을 겁니다"라며 우스갯소리 몇 마디로 대답을 하곤 했다.

'다른 뻥튀기 기계는 7초 동안 튀기는데 저희 기계는 1초를 더 튀깁니다. 한 걸음만 느리게 살면 인생도 맛있습니다.'

이런 문구를 붓으로 써서 뻥튀기 기계 앞에 붙여놓았더니 지나가는 사람들이 카메라로 찍기 시작했다. 마침 느림에 관한 책들이 쏟아져나오기 시작할 무렵이라 사람들 마음에 더 다가갔는지도 모른다. 일요일 오후에는 뻥튀기를 사기 위해 줄을 서는 진풍경이 이어졌다. 녹차 가루를 섞은 뻥튀기 한 봉지에 이천 원을 받았는데, 삼십 분 이상을 기다려야 살 수 있을 정도로 장사가 잘됐다.

'뻥튀기와 느림'이라는 낯선 관계를 하나로 묶은 데에는 내 나름의 계산이 있었다. 뻥튀기 튀기는 데 1초 더 걸린다고 맛에 무슨 차이가 날까마는 나는 그 1초를 강조하고 싶었다. 기계를 통해 전달되는 온기뿐 아니라, 조금 느릴지라도 더 맛있게 구워내겠다는 내 마음도 전해지기를 바랐다. 지금 와서 생각하면 사람들의 심리를 잘 짚은 셈이었다. '1초의 느림'은 사람들에게 삼십 분 이상 줄을 서서 뻥튀기 한 봉지를 사야 할 이유를 만들어주었다.

하루는 관광버스를 타고 온 단체 손님이 우르르 최참판댁을 향해 올라가는데, 할머니 몇 분이 올라가시지 않고 가게 안으로 들어오셨다. 목을 축이시라고 식혜와 뻥튀기 몇 개를 드리며 "할머니, 위에 가면 구경하실 것이 많은데 왜 안 올라가세요?"라고 여쭈니, "초가집에도 살아보고 기와집에도 살아봤는데 그게 무슨 구경이라고 땀을 뺀다요?"라고 대답하셨다. 할머니가 생각하는 평사리는 기와집과 초가집으로 만들어진 작은 마을일 뿐이었다.

평사리 들판은 한산사 앞에서 내려다보아야 제대로 즐길 수 있다. 굽이진 섬진강을 따라 벚나무 길이 이어지고, 동정호와 부부 소나무가 적당한 거리에서 만들어내는 풍광은 바라만 봐도 부자가 되는 기분이다. 이런 기분을 혼자 누리는 것이 미안할 때는 가끔 민박 손님을 모시고 한산사 앞으로 가서 평사리 풍경을 보여주기도 한다.

누가 뭐래도 평사리 들판의 백미는 부부 소나무다. 고향의 풍요를 느끼게 해주는 너른 들판 가운데 서 있는 두 그루 소나무는 정면에서 바라보면 서로 어깨를 기댄 듯 다정한 모습이다. 동서남북 어디에서 찍어도 그들의 다정은 여러 모양으로 드러난다. 부부 소나무를 두르고 있는 매실나무 덕분에 삼월이되면 꽃 울타리가 생긴다. 꽃으로 두른 그들의 울을 바라보면서 나는 시 한 편을 적었다.

하필 탱자나무 울타리에 빨래를 널어놓았어요,

묻는 당신의 목소리에 자목련 피는 봄날

더는 사랑할 것도 미워할 것도 없는

우리들의 지난밤을 올려놓고 무게를 다는 중인 걸요

대답하는 내 목소리에도

모과꽃 두세 송이 피어났으면 좋겠다, 생각하는

봄날입니다

당신은 지나가는 사람,

나는 남아서

울타리 밖 세상을 하롱하롱 바라보며

가시에 찔려 덧난 봄날을 보내는 중입니다

탱자꽃 피면 빨래는 어디에다 널 거예요,

묻는 당신의 하얀 치아에서 새어 나온

바람 한 줄기

섬진강을 향해 달려가다가

풍경으로 멈춰버린 한 쌍의 소나무

그리고 들판.

― 〈평사리〉, 공상균

바람이 수를 놓는 마당에 시를 걸었다

지나가는 사람이 건네는 말 한마디에도 자목련이 피는 봄날. 모든 것이 따뜻한 봄날. 모든 것이 아름다운 봄날. 스스로 쳐놓은 울타리의 가시에 찔려 덧난 상처가 아물고, 그 상처 자리에 모과꽃 몇 송이 피어났으면 하는 봄날. 타인의 접근을 막기 위해 둘렀던 탱자나무 울타리에도 꽃이 피는 봄날. 이제는 울타리를 걷기로 했다. 안과 밖을 나누어 자신을 가두던 탱자나무 울타리를 걷기로 했다. 꽃으로 울을 두른 채 다정히 늙어가는 평사리 들판의 부부 소나무는 내 마음속 가시 울타리를 걷으라고 일러주었다.

요즘도 농장 갔다가 집으로 오는 길에 평사리에 들르곤 한다. 특히 보리가 땅심을 받아 싹을 쑥쑥 밀어 올리는 사월 중순 무렵이면 어김없이 평사리 들판에 엎드린다. 논둑에 핀 자운영과 눈을 맞추고 사진을 찍으며 노는 놀이 때문이다. 독새풀 사이에 드문드문 피어 있는 자운영 꽃과 한 시간쯤 놀고 나면 하루의 피로가 말끔히 풀린다. 들꽃이 주는 위로이다. 느리게 살아도 괜찮다는 자연의 위로이다.

사람을 맞이하는 일은
인생을 배우는 일

"보기는 내가 어눌해도 실제는 쟈가 환잡니다."

올해 쉰여섯 살이라는 동갑내기 남자 둘이 여행을 왔다. 경북 사투리로 툭 던지는 '어눌한' 남자의 말이 내 가슴을 쳤다. 오 년 전에 뇌출혈로 쓰러져 사경을 헤매다 겨우 걸을 수 있을 정도로 회복한 남자가 대장암 말기 판정을 받은 친구를 위해 계획한 여행이라고 했다.

일주일 동안 이어진 두 남자의 여행 이야기를 들었다. 죽음의 문턱에서 겨우 살아난 사람이 죽음의 문턱 앞에서 힘들어하는 친구를 위로하는 모습을 지켜보자니 '아름다운 동행'이 무엇을 의미하는지 알 수 있을 것 같았다.

겉모습 어눌한 사람이 속에 중병 짊어진 친구를 위로하는 말이 느릿느릿 길게 이어져 주전자 찻물을 몇 번이나 다시 채워야 했다.

"친구야, 인자 모든 걸 내려놔라. 그래야 산다."

두고 온 가족 걱정을 하는 친구를 다독이는 그의 목소리에는 따스함이 묻어났다. 죽음을 받아들이고 편안한 마음을 가져야 오히려 살 수 있다는 말도 했다. 비록 발음은 어눌해도 친구에게 전하는 그의 말은 모두 약이 되고 힘이 될 것 같다는 생각을 했다. 하룻밤 묵어가는 짧은 만남이었지만, 쉰여섯 남자 두 사람이 하는 여행은 다시 한 번 내 삶을 돌아보게 했다.

다음 날 아침, 두 사람은 마당 아래에 있는 계곡까지 힘겹게 내려갔다 올라왔다. 이런 곳에 살면 근심 걱정이 없겠다며 부러운 듯 바라보는 그들에게 진심을 담아 말했다.

"여행 잘 마치고 건강한 모습으로 지내시다가 다시 오세요."

그들의 여행이 오래 이어지기를 바라는 마음으로 배웅했다. 동년배의 남자 두 사람이 남기고 간 모습이 아름다우면서도 가슴이 아렸다.

바람이 수를 놓는 마당에 시를 걸었다

민박집을 한 지 어느새 십칠 년이 되었다. 사람 맞이하는 것이 일상이 되었다. 예약한 손님들이 오는 날이면 아침부터 설렌다. 공연히 마당을 한 번 더 쓸기도 하고, 꽃 몇 송이 꽂아 방안에 향을 채운다. 이번에 오시는 분은 어떤 분일까. 기다리는 마음에 가끔 분홍꽃이 피기도 한다. 함께 차를 마시며 그들의 이야기를 듣고, 그들은 우리 이야기를 듣기 위해 귀를 연다.

사람이 온다는 건
실은 어마어마한 일이다.
그는
그의 과거와
현재와
그리고
그의 미래와 함께 오기 때문이다.
한 사람의 일생이 오기 때문이다.
부서지기 쉬운
그래서 부서지기도 했을
마음이 오는 것이다-그 갈피를
아마 바람은 더듬어볼 수 있을
마음,

내 마음이 그런 바람을 흉내낸다면
필경 환대가 될 것이다.

-〈방문객〉, 정현종

사람이 사람을 맞는 일은 '어마어마한 일'이고, '방문'은 '관계 맺음'보다 앞서는 행위이다. 서로를 알기 전에 '한 사람이 오는 것'을 '한 사람의 일생이 오'는 것으로 인식한다면 '필경 환대'를 할 수밖에 없을 것이다. 우리는 '환대'라고까지 할 건 없어도 손님 한 명 한 명 진심으로 대하려고 애쓴다. 우리 집 손님으로 온 이상 얼굴 찌푸리며 돌아가는 일 없도록 마음 쓰려고 한다.

비록 민박집 손님 혹은 방문객으로 오는 사람들이지만 유독 마음에 파문을 일으키는 사람들이 있다. 단 하루를 머물다 갔는데도 오랫동안 기억에 남고 다시 한 번 다녀갔으면 하는 마음을 불러일으키는 사람들이다. 생각해보면 유독 '아름다운 동행'으로 기억될 사람들이 많았다.

바람이 수를 놓는 마당에 시를 걸었다

어느 날은 일흔둘 되신 어르신이 아흔을 넘긴 아버님을 모시고 여행을 오셨다. 아버님 잠자리를 봐드리고 차실로 온 아드님과 함께 차를 마셨다. 어머님 일찍 여의고 홀아버님 모시고 산 세월을 이야기하면서 '일흔둘 남정네'는 눈물을 흘리셨다. 한학자이신 아버님의 대쪽 같은 비위 맞추느라 숨죽이며 산 이야기를 듣자니 차향보다 더 진한 삶의 향기가 느껴졌다. 지난 한 세월을 견딘 사람의 경험에서 전해오는 향기였다.

"내 나이 일흔둘이오. 그런데도 아버님은 아직 얼라 취급을 하시니……."

아흔을 넘긴 아버님 모시고 떠난 여행길. 부자간 새록새록 전에 없던 정 쌓기를 바라며 일흔둘 남자가 흘리는 눈물을 내 가슴에 잠시 받아두었다.

대학생 아들을 데리고 왔던 사십 대 중반의 엄마도 기억에 남는다. 일주일쯤 묵어가고 싶다는 엄마와 아들의 모습은 그 자체로 아름다워 보였다. 함께 차를 나누었고 엄마에게 살갑게 구는 아들 모습을 보며 덩달아 즐거운 시간을 보냈다.

며칠 뒤에야 아들이 많이 아파서 요양 차 온 여행이라는 것을 알았다. 골수암으로 삼 개월 시한부 판정을 받은 아들은 지팡이를 짚고 걸어야 할 정도로 건강이 악화됐는데도 자존심 때문에 지팡이를 거부하고 있었다. 엄마는 아들이 뒤뚱거리면서라도 혼자 걸으려 하는 모습을 지켜보는 것이 너무 가슴 아프다며 울먹였다. 펄펄 뛰어다녀야 할 아들의 걸음걸이가 점점 힘을 잃어가는 모습을 지켜보는 엄마 마음이 내게도 그대로 전이되어 가슴이 아팠다. 또래 아들을 둔 부모인지라 그야말로 '가슴이 쓰렸다'라는 표현이 맞을 것이다.

　일주일 여정을 끝내고 집으로 돌아가는 날 아침, 햇살이 황토방 안으로 들어가려고 기웃거려도 엄마와 아들은 문을 열지 않았다. 마루 위에는 운동화 두 켤레가 나란히 놓였고, 그 옆에서 가랑잎 하나가 바람 따라 맴돌고 있었다. 이내 바람 한 줄기 불어와 가랑잎을 날려 보냈다. 신발 신어보지도 못하고 하늘로 날아가는 가랑잎이 청년 얼굴과 겹치니 신발에 비치는 아침 햇살마저 처연해 보였다. 나는 청년이 일어나기를 기다렸다. 일어나서 저 신발을 신고 지리산 곳곳 누비기를 바라는 마음으로 시 한 편을 지었다.

　산들바람 한 줄기 마당을 지나
　가지런히 놓인 신발 앞에 머물고
　보스락보스락 가랑잎 하나
　신발 안으로 들어가고 싶어
　혼자 맴돌고

걸어서 가는 것보다
날아가는 게 더 신날 거야

바람은 가랑잎 데리고 함께 떠나네

- 〈소풍〉, 공상균

일주일을 보내고 그들은 집으로 돌아갔다. 그리고 얼마 뒤 엄마로부터 '아들은 좋은 곳으로 갔습니다'라는 문자가 왔다. 하늘로 긴 여행을 떠난 청년이 그곳에서는 운동화 신고 다니며 청춘의 봄을 맘껏 누렸으면 하는 마음이 절로 들었다. 슬픔으로 문드러졌을 엄마 가슴에도 소망의 꽃 한 송이 피어나기를 바라는 마음 역시 간절했다.

사람이 그리워 민박을 시작했고, 사람들을 만나면서 인생을 배웠다. 그들이 알려준 인생은 달콤하기만 하지도 않았고, 그렇다고 쓰디쓴 약풀 같기만 하지도 않았다. 모든 인생에 감동이 있었고, 모든 인생에서 배울 수 있었다. 아내와 내가 오늘도 '방문객'을 기다리며 마당을 서성이는 이유이다.

편지에 마음을 써서 보내는
가슴 떨리는 일

　마당 한 편의 꽈리들이 겉옷을 벗기 시작하는 늦가을 아침, 동쪽 창으로 고운 한지를 펼쳐놓은 듯한 하늘이 눈에 들어왔다. 아침 햇살을 받은 옅은 구름이 군데군데 떠다니면서 만들어내는 풍경이었다. 한참 동안 하늘을 바라보고 있으니 문득 편지지 같다는 생각이 들어 도시에 있는 친구들에게 편지를 보내고 싶었다.

　아침에 눈을 뜨니 동쪽 창으로 맑은 하늘이 들어옵니다
　베개에 머리 누인 그대로 하늘을 올려다보니
　푸른빛 종이에 솜을 찢어서 군데군데 붙여놓은 듯

고운 한지 한 장이 하늘에 펼쳐있습니다
편지를 쓸까
그림을 그릴까
하늘이 만든 고운 한지에다 무엇을 할까

편지를 쓰기로 했습니다
몇 줄 몇 자라도 좋으니 손으로 꾹꾹 눌러쓴 편지가
열흘이 걸려 당신께 간다 해도
조급해하지 않고
다음 해 이맘때 당신이 쓴 답장이 온다 해도
설렘으로 기다릴 수 있으니
가을 하늘이 만든 저 너른 편지지에
내 마음을 담기로 했습니다

몇 줄 글로 마음을 다 담지 못하면
오후 볕에 익어가는 꽈리의 귤색 속살을
보여 드려도 될까요?
붉은 저고리 옷고름을 풀고
여름 동안 여물킨 내 사랑을
당신께 보여 드려도 될까요?

가을 아침
고운 하늘이 창으로 들어오거들랑
선들바람에 귀를 열고
열흘만 기다려주오

-⟨꽈리의 사랑⟩, 공상균

그 당시 운영하던 홈페이지와 인터넷카페 몇 군데에 꽈리 사진과 함께 글을 올렸더니 몇몇 친구들이 카메라를 들고 찾아왔다. 하늘이 만든 편지지에 쓴 몇 줄의 글이 도시에 있는 친구들에게 잘 도착한 셈이었다. 그들은 마당가에서 익어가는 꽈리 앞에 납작 엎드려 사진을 찍으며 즐거워했다. 첫서리 내릴 무렵의 꽈리 속살을 본 친구들은 저마다 꽈리 몇 알씩을 따서 가져갔고, 더러는 포기로 분양을 해가기도 했다. 가을볕에 익어가는 꽈리를 핑계로 친구들을 부른 셈이다.

박창근 선생님은 커피 한 잔을 타서 탁자 위에 놓아두고 안 계셨다. 제자들에게 보낼 편지를 쓰다 말고 어디 가셨을까. 탁자 위에 놓인 만년필에 자꾸 눈길이 갔다.

인터넷으로 전송하는 내 편지와 다르게 선생님은 요즘 같은 인터넷 시대에도 매주 월요일 우체국에 가서 편지를 부치신다. 손편지로 시를 적어서 열세 명의 제자들에게 보낸 세월이 이십 오 년을 넘었다. 스스로 '시 전도사'라 부르는 선생님은 만년필을 열네 개나 갖고 계신다. 대부분 선생님의 시를 받아보는 제자들이 선물해준 것들이라 한다.

선생님을 처음 만난 것은 2012년이다. 고등학교 국어 선생님으로 지내시다 퇴직하고 섬진강 마을로 귀촌을 하셨다. 뒤늦게 문학을 공부하는 내가 학교 오가는 길에 한 번씩 들르면 많이 격려해주셨고, 우리는 주로 시에 관한 이야기를 나누었다. 그렇게 몇 년 지난 어느 날, 내게도 선생님의 시 편지가 왔다. 겨울에는 세 달 동안 서울에서 보내시는데, 도서관에서 편지를 쓰시다가 받을 사람 목록에 나를 추가하셨다고 했다. 요즘도 그 편지는 계속 이어진다. 선생님이 써서 보내주시는 시 편지는 내 책상 서랍에 차곡차곡 쌓이고 있다.

사랑하는 사람에게 쓰는 몇 줄의 글은 마음을 움직이는 힘이 크다. 제자들에게 시를 써서 전하는 박 선생님을 생각하며 나도 요즘 시를 공책에 베껴 쓰고 있다. 감성을 건드리는 불쏘시개로 시만 한 것이 없음을 알기 때문이다. 자판을 두드리고 화

면을 터치하여 글자를 조합해내는 스마트한 세상에서 편지나
엽서를 손수 쓰는 일은 얼마나 가슴 떨리는 일인가.

단 두 번쯤이었던가, 그것도 다른 사람들과 함께였지요
그것도 그저 밥을 먹었을 뿐
그것도 벌써 일 년 혹은 이 년 전일까요?
내 이름이나 알까, 그게 다였으니 모르는 사람이나 진배없지요
그러나 가끔 쓸쓸해서 아무도 없는 때
왠지 저절로 꺼내지곤 하죠
가령 이런 이국 하늘 밑에서 좋은 그림엽서를 보았을 때
우표만큼의 관심도 내게 없을 사람을
이렇게 편안히 멀리 있다는 이유로 더더욱 상처의 불안도 없이
마치 애인인 양 그립다고 받아들여진 양 쓰지요
당신, 끝내 자신이 그렇게 사랑받고 있음을 영영 모르겠지요
몇 자 적다 이 사랑 내 마음대로 찢어
처음 본 저 강에 버릴 테니까요
불쌍한 당신, 버림받은 것도 모르고 밥을 우물대고 있겠죠
나도 혼자 밥을 먹다 외로워지면 생각해요

나 몰래 나를 꺼내보고는 하는 사람도 혹 있을까
내가 나도 모르게 그렇게 행복할 리도 혹 있을까 말예요……

　　　　　　　　　　　　　－〈엽서, 엽서〉, 김경미

　김경미 시인의 시 〈엽서, 엽서〉를 읽으면 달콤한 짝사랑의
몽환에 함께 빠져든다. 떨림이다. 연(緣)으로 이어질 끈이 없
어 보이는 사람인데, '가끔 쓸쓸해서 아무도 없는 때 왠지 저절
로 꺼내지곤 하'는 사람. 시인의 가슴에 살고 있는 '불쌍한 당
신'의 자리에 슬쩍 들어가 앉고 싶은 마음이 든다. '우표만큼의
관심도 내게 없을 사람'이라는 걸 알면서도, '이국 하늘 밑에서
좋은 그림엽서를 보았을 때' '마치 애인인 양 그립다고 받아들
여진 양' '몇 자 적'는 시간. 행복할밖에. 비록 '찢어 처음 본 저
강에 버릴'지라도, 엽서에 몇 자 글을 쓰는 그 시간은 얼마나
행복했을까. '모르는 사람이나 진배없'는 한두 번의 만남을 가
슴속에 간직했다가 몰래 꺼내 보는 떨림. 이 떨림 이어진다면
몸 늙는 것 결코 서러운 일 아니다.

　　　　　　　　바람이 수를 놓는 마당에 시를 걸었다

나는 손으로 글씨를 쓰는 일에 어떤 로망이 있었나보다. 선생님의 만년필을 볼 때마다 부러운 마음을 갖고 있었는데, 사실 만년필이 부러운 게 아니라 그 손글씨가 부러웠던 것 같다.

육 년 전 처음 강정을 만들기 시작할 때 나는 캘리그래피도 함께 배우기 시작했다. 정해진 필법에 따라 그대로 따라 쓰는 서예보다는 자신의 필체를 활용해 자유롭게 쓸 수 있는 캘리그래피가 더 매력 있게 다가왔기 때문이다.

고객들이 강정을 주문하면 한지에 손글씨로 인사장을 써서 함께 넣어 보낸다. 인사말에 대한 특별한 요청이 없을 경우에는 내 의향대로 써서 넣지만, 고객이 인사말 내용을 따로 주는 경우에는 그대로 써서 넣기도 한다. 말하자면 '대필'을 하는 셈이다.

한 번은 자원입대를 앞둔 아들에게 격려가 될 만한 좋은 글귀 하나 써서 넣어 달라는 어느 엄마의 청을 받았다. 힘 얻을 좋은 글귀야 책 속에 얼마든지 있겠지만 자식 향한 엄마 마음만 하겠는가 싶어 아들에게 하고 싶은 말을 보내 달라고 다시 부탁을 했다. 그랬더니 '청춘들의 빛나는 오늘, 너는 나의 봄이다'라는 글귀를 보내주었다. 군대라는 낯선 곳으로 첫걸음 내딛는 아들에게 이만한 격려가 어디 있겠는가. 너는 나의 봄. 여기에서 봄은 계절의 의미도 있겠지만 '보다'라는 간절함도 함께 있을 터. 부모는 평생 자식 바라보는 즐거움으로 사는 것 아니겠는가 싶어 마음을 다해 편지를 써서 보내드렸다.

이문재 시인은 〈빨간 우체통〉이라는 시에서, '아름다운 산책은 우체국에 있'고, '가는 편지와 받아볼 편지는 우리들 사이에 푸른 강을 흐르게 했'다고 썼다. 매주 열세 통의 편지를 들고 우체국으로 가시는 선생님의 발걸음은 아름다운 산책이라는 생각이 든다. 그 아름다운 산책을 이십오 년 동안 이어오신 선생님이 부럽다.

김경미 시인은 '혼자 밥을 먹다 외로워지면' '나 몰래 나를 꺼내보고는 하는 사람 혹 있을까' 생각한다는데, 나는 매일 온라인 공간에 글을 쓰면서 가끔은 누군가 내가 쓰는 글을 기다리고 있을까 하는 생각을 한다. 특정한 대상이 없는 글들이 대부분이지만 나는 그 글들이 누군가에게는 반가운 편지였으면, 누군가에게는 가슴 떨리는 엽서였으면 하고 바랄 때가 있다. 누가 이런 속마음 알면 망측스럽겠다 하면서도, 한편으로는 그런 상상이 글쓰기를 즐겁고 행복한 일로 만들어주기도 한다.

제2부

지리산 농부, 꿈꾸는 시인으로 사는 즐거움

오늘도 잘 살았구나,
자족이 주는 평안

아홉 식구가 차 두 대에 나누어 타고 통영과 남해를 거쳐 우리 집에 도착했다. 번잡한 게 싫어 평일을 택해 떠났다고 했다.

"짐 푸시고 오셔서 차 한잔하세요."

시설 좋은 펜션이 아니라서 미안한 마음이 들어 가족을 차실로 불렀다. '달빛다방'이라 부르는 차실은 열 평 남짓한 좁은 공간이지만, 처음 만나는 서먹함을 없애기에 참 좋은 공간이다. 찻잔에 이야기를 담아 두어 시간 보낸 덕분에 우리는 금세 친구가 되었다.

"우리 아버지 멋쟁이시죠?"

막내따님이 물었다. 대답 대신 빙긋 웃는 내게 가족 여행 오게 된 이야기를 들려주었다.

"남쪽에는 요즘 꽃이 한창일 텐데, 경운기라도 운전해서 느 그 엄마 데리고 다녀올까?"

가끔 친정에 들르는 살가운 딸에게 여든넷 아버지가 슬쩍 한마디 흘리셨다. 강원도에서 줄곧 농사를 지으신 아버지는 한 살 연상 아내를 위해 봄나들이를 기획한 것이다. '경운기라도 운전해서'라고 '은유'를 담아 건네는 아버지의 협박은 봄꽃보다 더한 유혹이었다. 천 리 길 남녘으로 경운기를 운전해서 꽃 보러 가시겠다는 익살스러운 엄포는 '너희들과 하룻밤 보내고 싶구나'라는, 자식들에게 보내는 지독한 구애였을까. 아버지 마음을 아는 자식들은 일정을 비우고 함께 여행을 떠났다.

부모 자식 사이가 이렇듯 허물이 없다면 얼마나 좋을까. 팔십 평생을 농부로 살면서도 익살스러운 엄포 한마디로 자식들 불러 모을 수 있는 여유는 어디에서 오는 것일까. 아버지의 '구애'를 알아차리고 함께 여행을 떠날 수 있는 자식들 마음은 또 얼마나 맑을까. 부러운 시간이었다. 방으로 돌아간 그들은 밤 늦도록 이야기꽃을 피웠고 웃음소리가 끊이지 않았다.

다음 날 아침, 가는비가 내렸고 안개도 끼었다. 무릎 약한 어머니 부축하는 딸을 물끄러미 바라보는 어르신 입가에서 모과꽃 닮은 웃음을 보았다. 톡톡 터지는 요란스러운 벚꽃이 지고 나면 잎부터 피워 올린 뒤 숨어서 피는 꽃이 모과꽃이다. 어머니를 번갈아 부축하는 자식들 바라보는 어르신 눈빛이 얼마나 따스해 보이던지.

1987년 12월 어느 날, 겨울 바다 보고 싶다는 친구와 함께 부산 해운대에 갔다. 만나면 주로 포장마차에서 소주를 마셨는데 그날은 둘 다 가진 돈이 없었다.

"친구야, 꼭 소주를 마셔야만 취하는 건 아니야. 맹물을 마시고도 취할 줄 알아야 진정한 술꾼이야."

그가 내게 말했다. 소주 한 병 사 마실 돈도 없을 만큼 가난했던 우리는 어깨동무를 한 채 백사장을 걸었다. 맹물로 취한 기분을 내고 싶어 고래고래 소리도 질렀다. 겨울 바닷가는 한산했고 금세 어둠이 내려앉았다. 한참을 걷다가 모래 위에 주저앉았다.

"친구야, 인제부터 나를 동랑이라고 불러주라."

친구가 뜬금없이 말했다. 동랑(冬浪). 겨울 바다의 물결이었다. 사람 발길 뜸한 백사장에 앉아 끊임없이 밀려왔다 밀려가는 파도를 본 탓이었을까. 친구는 자신의 아호를 정하고 그리 불러

달라 부탁을 하였다. 찾아주는 사람 없어도 내 자리에서 묵묵히 일하겠다는 스스로에게 하는 다짐이라는 말도 덧붙였다.

친구 말을 듣고 보니 나도 별칭 하나를 갖고 싶다는 생각이 들었다. 그 자리에서 '어질게 걸어가자'라는 뜻을 담아 '인보 (仁步)'라고 지었다. 우리는 서로 별칭을 불러주며 겨울 바닷가에서 맹물 술주정을 즐겼고, 한동안 그 별칭은 우리를 묶어주는 끈이었다.

그리고 얼마 지나지 않아 나는 삶의 방향을 바꾸기로 했다. 노동 운동을 하는 사람들과 만나면서 썼던 글들을 모두 불태웠다. 이십 대 중반 몇 년의 뜨거웠던 삶의 기록은 그렇게 내 곁을 떠나갔지만, '가난'을 지향했던 마음은 다 버리지 못했는지 일기장에 〈가난이 시가 되어 음악이 되어〉라는 시 한 편을 썼다.

가난이 시가 될 수 없을 바에야
친구야
우리가 서야 할 땅
가슴 가슴으로 불러야 할 노래
어디 있을까마는

바람이 수를 놓는 마당에 시를 걸었다

사막에 자라는 낱알 모래도
한번 누울 자기 땅은
가지고 있다는데

비에 젖은 이파리
저희들끼리
모양 모양 얼굴 맞대어
꽃나무 하나 만들고

가난이 시가 되어
음악이 되어
너나없이 고른 세상 어데 없을까
어데 없을까

- 〈가난이 시가 되어 음악이 되어〉, 공상균

그리고 내가 걸어가야 할 길은 농촌에 있다는 생각으로 시골
살이를 선택했다. '너나없이 고른 세상'은 흙에 있다는 생각과,
투쟁으로 얻을 수 있는 것보다 더 값진 것을 농촌에서 찾고 싶
은 열망이 생긴 탓이었다. 가진 자가 못 가진 자를 착취하는 자

본의 지배 구조에서 벗어나 자급자족을 하며 평화로이 살고 싶었다. 심은 대로 거두는 땅의 성정을 배우고 자연의 섭리에 순응하는 '자연인'으로 살고 싶었다. 하루의 노동을 마치고 쉼을 갖는 시간 '오늘 하루도 잘 살았구나' 자족이 주는 평안을 가슴 깊이 누리고 싶었다.

내가 선택한 시골살이는 산이었고 거기서 고사리를 꺾고 소를 키웠다. 소 열댓 마리로도 푸른 꿈을 꿀 수 있는 산중 생활이 좋았다. 옷에 소금기 배도록 이어지는 노동도 좋았다. 나무한 그루를 심으며 아이들 장래까지 그림 그리던 그 시절은 내 삶의 '화양연화'였다.

'경운기라도 운전해서.' 아내를 위해 던진 어르신의 은유 한 마디가 따스한 기운으로 농부의 가슴을 어루만진다. 비록 농촌의 미래가 암울해 보여도 불안해하지 않아도 된다고 위로하며 힘을 주는 듯하다. 살다보면 이렇게 은유인지 모르고 은유가 되어 사람을 위로하는 말들을 많이 만난다. 그러고 보면 이 세상은 '은유를 파는 약국'인지도 모르겠다.

농사를 천직으로 알고 한길을 걸으신 어르신 모습을 생각하

바람이 수를 놓는 마당에 시를 걸었다

니 내가 좋아하는 시 한 편이 떠오른다.

　물 먹는 소 목덜미에
　할머니 손이 얹혀졌다
　이 하루도
　함께 지났다고,
　서로 발잔등이 부었다고,
　서로 적막하다고,

- 〈묵화 墨畵〉, 김종삼

　김종삼 시인의 〈묵화 墨畵〉이다. 단 여섯 줄의 글 속에 큰 그림을 그려 넣은 시인이 고마운 까닭에 펜으로 때로는 붓으로 자주 써보는 시가 되었다. 김종삼 시인의 시는 대체로 짧고 군더더기가 없다. 하지만 시인이 순하고 인정 많은 사람들을 얼마나 좋아하고 따뜻한 시선으로 바라봤는지는 충분히 느껴진다.
　고된 노동을 마치고 돌아와 가족이나 매한가지인 소와 함께 저녁을 맞이하는 할머니의 손길도 참 곱게 느껴진다. 땅을 일구며 사는 삶이 아무리 고되다 한들 '서로' 바라봐주는 눈길 있

다면 충분한 위로가 되리란 것을 십분 공감할 수 있다. 무구하
고 순정한 소의 눈빛을 마주해본 사람만이 느낄 수 있는 교감.
내가 이 시를 좋아하는 까닭이다.

바람이 수를 놓는 마당에 시를 걸었다

사람 살리는 마음의 힘은
땅에서 나온다

"달빛도서관이죠?"

농장에서 일하는데 전화가 왔다. 묵직한 남자 목소리였다. 지리산, 황토방, 책 등 이런 단어로 검색을 하다가 내 블로그를 알게 됐다며 민박 문의를 했다. 그리고 도서관을 지금도 운영하느냐고 물었다. 개인 서재 규모의 책을 모아놓고 도서관이라고 이름 붙인 것이 마음에 걸려 내 대답은 궁색했다.

"농장 옆에 작은 도서관을 갖는 게 꿈이라서 우선 블로그 이름을 이렇게 쓰고 있습니다."

전화를 받고 며칠 지난 토요일 오후, 남자는 일행과 함께 우리 집에 왔다. 아내와 아내의 친구까지 해서 세 사람이었다.

바람이 수를 놓는 마당에 시를 걸었다

차실로 안내하여 함께 차를 마셨다. 차 몇 잔이 돌자 그는 내게 '형님'이라는 호칭으로 친근하게 다가왔다. 서른 중반의 아우를 얻은 나는 신이 나서 계속 차를 따라주었다. 책을 좋아하고 특히 시골에서 살고 싶다는 말에 더 호감이 갔는지도 모른다. 그는 나중에 하동으로 오면 창업을 하고 싶다는 이야기도 했다.

시골에서 농사를 짓거나 창업을 하려고 하는 청년을 만나면 아무리 바빠도 시간을 내서 함께 다니며 이곳저곳 보여주고 싶은 마음이 든다. 그에게는 구례에 있는 '천개의향나무숲'을 꼭 보여주고 싶었다. 아직 정식 개장을 하지는 않았지만, 도시 사람의 눈에 비친 농장은 어떤 모습일까 물어보고 싶기도 했고, 청년의 시선으로 농장의 나아갈 방향을 그려보고 의견을 말해달라는 부탁도 할 셈이었다.

'천개의향나무숲'은 처음 갔을 때 은목서 열 그루가 하나로 어우러져 집채보다 더 큰 키로 향을 토해내는 모습에 매료되어 자주 찾아가는 곳이 되었다. 소나무숲이나 편백숲은 어디를 가도 쉽게 볼 수 있지만, 육천여 평 너른 땅에 아름드리 향나무가 숲을 이룬 곳은 만나기 쉽지 않다. 거대한 자본이 투입되면 금방 핫플레이스가 될 터이지만, 농부의 손길과 땀으로 꽃을 심고 나무를 가꾸는 느린 걸음걸이도 마음에 들었다. 버려지다

시피 한 땅을 사서 몇 년 동안 땀 흘리고 있는 젊은 농부에게는 동지애마저 느껴졌다.

향나무가 숲을 이룬 사잇길을 앞서거니 뒤서거니 걷노라니 도시 사람과 농촌 사람 사이에 흐르는 정서적 교감에 큰 차이가 없다는 것을 알게 되었다. 숲이 주는 위로였다. 언제가 될지 모르지만 그들 부부가 지리산 자락으로 귀촌을 한다면 이웃으로 살아도 좋겠다는 생각을 하며 많은 이야기를 나누었다. 너른 잔디밭에서 서로를 번쩍 들어 올리며 사진 찍는 그들 모습을 보며, 나는 영화감독이라도 된 것처럼 그들이 즐거워하는 모습을 영상에 담았다.

"지리산에 이런 곳이 있어서 참 행복하네요."

한 시간쯤 숲을 걸은 그들이 키 큰 피칸나무 앞에서 사진을 찍으며 말했다. 그들의 가슴에 파고든 행복한 기분이 전쟁터 같은 복잡한 도시로 돌아가 힘내서 살아갈 수 있도록 지친 마음을 어루만져 주었을 것이다. 마음의 힘은 무엇보다 땅과 자연이 주는 기운에서 온다.

정우영 시인의 〈밭〉이라는 시에서 노모가 자신을 '땅심으로

바람이 수를 놓는 마당에 시를 걸었다

사는 사람'이라고 했듯이 나의 힘도 땅에서 나온다. 땅심으로
사는 사람은 땅을 떠나서는 살 수가 없다. '내 몸이 곧 밭이'나
마찬가지이다. 그래서 '나가 땅을 버리면 아매도 내 몸뚱이가
피를 토할 거이다'라고 말한 것이다.

　암시란토 않다, 니얼 내리갈란다. 내 몸은 나가 더 잘 안디, 이
거는 병이 아녀, 내리오라는 신호제. 암먼. 신호여. 왜 나가 요새
어깨가 욱씬욱씬 쑤신다고 잘허제? 고거는 말이여, 마늘 눈이
깨어나는 거여. 고놈이 뿌릴 내리고 잪으면 꼭 고로코롬 못된 짓
거리를 헌단다. 온 삭신이 저리고 아픈 것은 참깨, 들깨 짓이여.
고놈들이 온 몸을 두들김서 돌아댕기는 것이제. 가심이 뭣이 얹
힌 것 맹키로 답답헌 것은 무시나 배추가 눌르기 땜시 그려. 웃
배가 더부룩허고 속이 쓰린 것은 틀림없이 고추여, 고추라는 놈
은 성깔이 쪼께 사납잖여. 가끔씩 까끌허니 셋바닥이 돋는디 나
락이여, 나락이 숨통을 틔우고 잪은게 냅다 문대는 것이제. 등허
리가 똑 뿐질러진 것맨치 콕콕 쏘아대는 것은 이놈들이 한데 모
여 거름 달라고 보채는 거여. 밍그적거리면 부아를 내고 난리를
피우제. 그려, 내 몸이 곧 밭이랑게. 근디 말여, 나가 여그 있다가
집에 내리가잖냐. 흙냄새만 맡아도 통증이 싹 사라져뿐진다. 신
통허제? 약이 따로 필요없당게. 하이고, 먼 지랄로 여태까장 그

복잡헌 디서 뀌대고 있었다냐 후회막심허지. 인자 내 말 알아들
었제? 긍게로 나를 짠하게 생각허덜 말그라. 너그 어매는 땅심
으로 사는 사람이여. 나가 땅을 버리면 아매도 내 몸뚱이가 피를
토할 거이다. 그러니 내 말 꼭 명심히야 써. 어매 편히 모시겠다
는 말은 당최 꺼내지도 마라. 너그 어매 죽으라는 소린게로. 알
것제?

—〈밭〉, 정우영

　나는 매실농장에 풀 베러 갈 때마다 아내에게 "필드 나갔다
올게"라고 말하곤 했다. 골프 치는 친구들을 볼 때면 여유 시
간에 운동도 하고 좋겠다 하며 부러운 마음도 들곤 하지만, 아
무리 생각해도 나의 필드는 골프장이 아니라 '내 땅'이고 내 농
장이다. 예초기 메고 삼천 평 농장을 누비고 나면 온몸은 땀으
로 젖고 윗도리 벗어서 비틀어 짜면 물이 줄줄 흐른다. 막 풀
벤 밭을 걷다보면 이곳이야말로 '나으 필드'라는 생각이 들어
혼자 실실 웃기도 한다.
　얼마 전부터는 농장에 가면서 하는 인사를 "헬스장 다녀올
게"로 바꾸었다. 그러고 나니 일이 훨씬 즐겁다. 노동을 운동
으로 생각을 바꾸니 같은 강도의 일인데도 피로도가 훨씬 낮

다. 베고 돌아서면 다시 자라는 풀이 예전처럼 스트레스로 다가오지 않는다. 노동일 때는 지쳐야 일을 마쳤는데 운동으로 생각을 바꾸니 완급조절도 할 줄 아는 느긋함도 생겼다. 이제 나도 '흙냄새만 맡아도 통증이 싹 사라져'버리는 천생 농사꾼이 된 것일까.

농장을 필드 삼아 즐기는 내게도 골프채가 하나 있긴 하다. 친구가 골프를 배워보라고 권하며 준 것인데 나는 다른 놀이를 하고 있다. 밤톨만 한 돌멩이를 주워 공중에 던지고 내려오는 순간 골프채를 휘둘러 맞히는 놀이는 생각보다 재미있다. 집 앞이 개울이라 맘껏 휘둘러 돌멩이를 날려 보내도 크게 문제될 게 없는 탓에 가끔 내가 즐기는 놀이다. 어쩌다가 돌멩이가 잘 맞아서 멀리 날아가면 홈런을 친 야구 선수처럼 환호하기도 한다.

홈런 치는 야구 선수의 기쁨과 홀인원 하는 골프 선수의 즐거움을 동시에 누리는 농부의 놀이, 돈이 들지 않아서 더욱 좋은 놀이다. 땅심으로 사는 사람, 농부는 자연이 곧 놀이터이다.

시 읽기의 즐거움,
농부의 한유 한 자락

"나이 먹어서 공부는 해서 어디다 쓸끼고?"

문예창작학과 만학도가 되어 과제하느라 낑낑대는 내게 어느 날 고향 친구가 찾아와 말했다. 농사꾼이 농사나 열심히 짓지 왜 외도를 하느냐는 질책이었다. 하지만 나는 배움은 나이와 상관없다고 생각했기에 아들보다 한 살 아래인 동기들에게 '공 삼촌'으로 통하며 즐겁게 사 년을 보낼 수 있었다.

입학하고 얼마 지나지 않아 세로라는 친구가 편지 한 장을 건네주었다. "제 아빠도 만학도로 대학을 다녔어요. 공 삼촌, 우리 사 년 만에 함께 졸업해요." 휴학하거나 포기하지 말라는 격려였다. '사 년 만에'라는 그 한마디는 내게 큰 힘이 되었다.

바람이 수를 놓는 마당에 시를 걸었다

졸업을 앞두고 졸업 작품 준비도 할 겸 순천의 한 서점에 갔다. 이층 시집 코너에서 시집 몇 권을 고르는데, 수업 시간에 '가난한 직업 1위는 시인'이라는 말을 들어서였을까, 갑자기 시 쓰는 일이 전업인 사람들이 생각났다. 시집 한 권 팔리면 시인에게 부라보콘 한 개 값 정도의 이문이 돌아간다는 이야기를 들은 기억이 났다. 생각 없이 먹던 아이스크림 한 개가 시집 한 권과 겹쳐졌다. 시집 여덟 권을 골라 계산을 하고 밖으로 나왔다.

볼일을 보고 서점으로 오기로 한 아내를 기다리는 잠깐의 시간, 나는 새로 산 시집을 펼쳤다. 서점 앞 모텔의 불빛은 찬란했고 그 불빛에 의지해 시 몇 편을 읽었다. 그날 밤 쓴 시가 〈부라보콘〉이다.

그동안 까맣게 잊고 있었는데, 내 블로그에 올린 글을 아들이 읽고 시가 괜찮다며 칭찬을 해줬다. 책을 펴낼 때 한 꼭지 넣으면 좋겠다는 이야기도 해주었다. 아빠를 인정해주는 아들이 고마웠다.

시를 써서 겨우 먹고사는 사람들 대략 삼천 명 정도라는데
이 불경기에 그만하면 철밥통이다
김제동이 짤리고 김미화도 짤리고

고공 크레인 김진숙의 밥그릇도 위태로운데
분리수거 쓰레기통 앞에서 재활용 기다리는 모음과 자음을
모아
비둘기 밥보다 가벼운 문장 하나 건진 사람들
집으로 돌아가는 시각
나는 연향동 중앙서점 문을 열고 안으로 들어간다

삼촌은 졸업 작품 뭐 쓰실 거예요,
밥 먹으면서 묻던 젊은 친구 말에 목이 말라
오란씨 한 잔
아직 모르겠어,
무책임한 말을 닭갈비와 함께 버무려 먹었더니 체했나 보다
엉덩이가 무거워야 소설을 쓴다는데
쑥부쟁이 꽃 웃는 소리만 들려도 엉덩이 들썩거리니 글렀고
가슴속에 아이 하나 키워야 동화를 쓴다는데
산전수전공중전 풀리그로 열리니 견딜 아이 없겠지
하룻밤에 소주병 서넛 비우면 쓴다는 달콤한 말에
우선 시에 매달리기로 했다
죽기 아니면 살기로 홀짝거리다 보면 까짓 비워내겠지
시를 쓰면서 이제라도 술이나 배워 볼까

배짱 두둑하게 서점 2층으로 올라간다

어서 오세요 찾으시는 책 있으세요
아마 책이 나를 찾고 있을 겁니다
철밥통을 꿈꾸며 시집 코너로 걸어가는데 닭갈비가 마렵다
시집 한 권 팔리면 700원 이문 돌아온다며
부라보콘 사 주던 시인 이름이 눈에 들어온다
아이스크림보다 보드라운 시 써서 현미 두 포대 사 두었다며
자랑스럽게 저녁 식사에 초대하던 시인의 이름도 보인다
지난 5월 소포로 보냈다는데
아직도 오지 않는 유홍준의 저녁의 슬하
순천대 문창과 선배 최정진의 동경
말빨 좋은 어머니에게서
시를 얻어 주웠다는 이정록의 정말
꽃의 몸속에서 하루만이라도 잠들고 싶어
김선우의 도화 아래 잠들다
삶을 부여잡고 치열하게 씨름하는 백무산의 거대한 일상
시를 좋아하는 여자친구가 내게 어울리겠다며 추천해 준
김사인의 가만히 좋아하는
와온의 겨울 뻘밭을 빗금 치며 걸어가는 달그림자에게

들려주면 좋아할 거야 안현미의 이별의 재구성

골라놓고 보니 8이라는 숫자를 좋아하는 아내가 생각난다

그렇다면 한 권 더

창비시선 328 김윤이의 흑발 소녀의 누드 속에는,

을 뽑아 들고

흑발 소녀의 누드를 상상하며

책방 입구에 버티고 선 맨하탄 모텔의 찬란한 불빛 아래서 시를 읽는다

벗기고 벗겨도 드러나지 않는 그녀의 알몸에서 부라보콘 냄새가 난다

— 〈부라보콘〉, 공상균

아내는 학교에 들어가 공부하는 것을 망설이는 내게 "떡을 팔아서라도 학비 대줄 테니"라며 등을 떠밀었다. 월간지 표지 글 몇 년 연재한 것이 전부인 나를 뭘 믿고 이리도 밀어주나 싶어 고마운 마음에 원서를 냈고 합격을 했다. 그렇게 아내 도움으로 공부를 하긴 했는데 아직 등단도 하지 못했다. 아내에게 마음의 빚을 진 채 살아간다.

작품집 한 권 내지 못한 문창과 출신 만학도가 그래도 여전히 붙잡고 있는 것은 '시 읽기'이다. 일주일에 대략 열 권 정도 시집을 읽으며 마음에 드는 시를 공책에 옮겨 쓰고 있다.

    어느 날 면사무소에 가서 글 몇 자를 쓰는데 볼펜이 내 마음대로 움직여지지 않았다. 낱말의 받침도 의도대로 써지지 않아 상당히 충격을 받았다. 나이 탓이려니 하기에는 자존심이 허락하지 않았다. 컴퓨터와 휴대전화 자판을 두드리는 것에 익숙하다 보니 손글씨 쓰는 것이 퇴행했을까. 살짝 염려하는 마음으로 도서관에 가서 회원증을 만들고 시집을 빌렸다. 그리고 시 필사를 시작했다. 공책 한 권 정도 필사를 하고 나니 비로소 옛날처럼 내 의도대로 글씨를 쓸 수 있었다.

    시를 읽고 마음에 와닿는 시를 만나면 공책에 옮겨 쓴다. 재미있지만 고된 작업이다. 새로운 시를 만나는 즐거움이 큰 탓에 의자에 엉덩이를 붙인 채 한 자 한 자 쓴다. 눈으로만 시를 읽을 때와 소리 내서 읽을 때 그 느낌은 다르다. 시를 옮겨 적으며 소리 내어 몇 번 읽으면 가슴속에 '감흥'이라는 잔물결이 일기도 한다. 이전에 경험하지 못한 설렘이다.

    시 한 편이 주는 따스한 감동은 예순의 중늙은이 가슴에 분홍빛 기운 넘실대게 한다. 이 나이의 가슴에 무엇이라서 이런 감정을 느끼게 할 것인가 싶어 앞으로도 나는 시 읽기를 멈추지 않을 것이다. 그리고 시 필사를 통해 감정 공유의 폭을 더 넓혀 나갈 것이다. 농부가 즐기는 한유(閑遊) 한 자락이다.

　보라색 눈물을 뒤집어쓴 한그루 꽃나무가 햇살에 드러난 투명한 몸을 숨기기 위해 애를 쓰고 있다
　궁항이라는 이름을 지닌 바닷가 마을의 언덕에는 한 뙈기 홍화꽃밭이 있다
　눈먼 늙은 쪽물쟁이가 우두커니 서 있던 갯길을 따라 걸어가면 비단으로 가리어진 호수가 나온다

　　　　　　　　　　　　　　　-〈와온臥溫 가는 길〉, 곽재구

　곽재구 시인은 내가 다닌 문예창작학과 교수님이기도 했다. 〈와온臥溫 가는 길〉을 처음 만난 것은 곽재구 교수님의 시 창작 수업 시간 때였다. 쓰신 시를 읽어주며 학생들에게 느낌을 말해보라 하셨다. 그 시를 읽고 나는 홍화꽃을 좋아하게 되었

다. 농장 옆에 홍화를 재배하는 곳이 있는 탓에 주황색 꽃이 피는 여름이면 자주 가서 사진을 찍는다. 바람에 흔들리는 홍화 꽃 물결을 보며 얼마나 반했던지 한때 '지리산 홍화 풍경'이라는 이름부터 지어놓고 홍화 농사를 지어볼까 생각한 적도 있다. 시 한 편이 제대로 가슴에 파고들면 이렇듯 사람 전체를 흔드는 경우가 가끔 있다.

어느 날 이 시에 나오는 궁항이라는 마을이 궁금해 후배 한 명과 다녀왔다. 내가 사는 가까이에도 궁항(弓項)이라는 이름을 지닌 마을이 두 곳이나 있다. 활미기라는 예쁜 이름으로 불리는 곳이다. 여자만(灣)을 품고 있는 여수 바닷가 궁항마을은 위에서 내려다보면 활을 닮았다. '눈먼 쪽물쟁이가 우두커니 서 있던 갯길'이 어디쯤이었을까, 짐작되는 대로 걸었다. 작은 언덕을 넘으니 호수처럼 잔잔한 바다가 나왔다. 비밀스럽게 숨어 있는 바다였다.

'눈먼 늙은 쪽물쟁이'는 시인의 눈에만 보이는, 시를 위해 세워 둔 노인인 줄 알면서도 걷다보면 만날 것 같아 한참 동안 걸었다. 다시 언덕을 돌아 나오는데 노인 한 분이 경운기 세워둔 채 마늘밭을 손보고 계셨다. 다가가 인사를 드렸다. '어디서 오셨소' 물음에 '하동에서 왔습니다' 대답하니 그런 줄 알았다고 하셨다. 인사하는 말투에서 하동쯤으로 짐작하셨다는 노인의

감각은 바람 소리에서 내일 날씨를 점쳐야 하는 갯사람의 시린
귀 덕분이라는 생각이 들었다.

"시란 말이야, 독자들을 찾아가는 게 아니라 독자가 찾아오
게 하는 장르야."

시 창작 수업 시간에 송수권 교수님이 하신 말씀이다. 독자
입맛에 맞는 가벼운 시를 쓰지 말고 자신만의 독창적인 어법으
로 독자를 만들라는 뜻이었다. 그리고 "유행가 가사 같은 시를
쓰면 그날로 뽕짝 시인 되는 거야"라고 덧붙이셨다.

내 어머니가 읽어도 이해가 되는 쉬운 시를 쓰고 싶던 내게
교수님의 말씀은 상당한 충격으로 다가왔다. 시 창작 수업을
들을수록 시는 내게서 멀어져 갔다. 사 년을 배웠는데도 시는
내게 문을 열어주지 않았다. 아직도 '도도한 시'의 언저리만 맴
돌 뿐, 시 한 편 발표하지 못하고 있으니 앞으로도 시집을 내기
는 어려울 듯싶다.

대신 시를 읽는 독자로 남아 좋은 시 만나는 즐거움 누리는
것도 괜찮을 듯하다. 시 읽는 즐거움을 생각하며 김남주 시인
의 〈시인과 농부〉 한 구절을 떠올려본다.

바람이 수를 놓는 마당에 시를 걸었다

농부가 되지 않았더라면
틀림없이 나는
시인이 되어 있을 것이다

-〈시인과 농부〉 일부, 김남주

바람이 수를 놓는 마당에 시를 걸었다

꿈은 꾸고 있을 때
더 행복한 법이라서

세상에서 가장 편하게 책을 읽을 수 있는 공간을 만들고 싶어서 우리 집 일층을 책방으로 꾸몄던 것이 벌써 구 년 전이다. 사십여 평 공간에 책장을 짜넣고, 헌책방 돌아다니며 책을 사 모았다. 저자 사인이 있는 책이나, 책을 선물하며 간단히 쓴 인사 메모가 있는 책을 주로 샀다. 밑줄 그으며 나름의 해석을 해놓은 책을 만나면 무조건 샀다. 특색 있는 책방으로 꾸미고 싶은 욕심 때문이었다. 다방의 주메뉴를 쌍화탕으로 정하고 유명한 쌍화탕 집을 다녀오기도 했다.

이름도 제법 그럴듯하게 붙였다. '딩굴딩굴 헌책多방.' 딩굴거리며 책 읽다가 책을 베고 스르르 잠이 들어도 좋은 곳으로 만들고 싶었다. 음악과 차가 있고, 농사꾼의 어눌한 입담으로 들려주는 이야기가 있는 곳이면 좋겠다 싶었다. 그런데 '헌책 多방'은 문도 열어보지 못했다. 집주인도 모르게 차 한잔 팔지 못하는 제한지역으로 마을을 묶어버린 행정 탓이었다. 허망했다.

개점도 못해보고 날려버린 돈이 아까워서 이름을 고쳐 불렀다. '지리산 달빛도서관'. 언젠가는 지리산에 개인 도서관을 만들겠다는 내 오기의 발동이었는지도 모르겠다. 그리고 블로그 이름도 '지리산 달빛도서관'으로 바꿨다. 헌책多방에 대한 아쉬움을 달래는 방법이었다. '지리산 달빛도서관'은 인터넷을 통해 조금씩 알려지기 시작했고, 소문을 듣고 도서관을 찾아오는 분들이 생겨났다.

책 오천여 권을 책장에 꽂아놓고 '도서관'이라고 이름을 붙여놓았으나 그래도 나 자신에게는 부끄럽지가 않다. 그것은 정말 언젠가는 도서관을 열겠다는 꿈을 꾸고 있는 덕분일 것이다. 도서관을 열겠다는 꿈과 함께 내가 꾸고 있는 꿈이 몇 가지 더 있다. 그 중 하나는 '동화'를 쓰는 것이다.

바람이 수를 놓는 마당에 시를 걸었다

아내에게 결혼 전 책 한 권을 선물했는데, 종로서적 이철지 대표가 엮은《오물덩이처럼 뒹굴면서》라는 책이었다. 책에는 권정생 선생님 작품과 함께 이오덕 선생님, 전우익 선생님, 이현주 목사님, 정호경 신부님, 오삼이 아재 등과 주고받은 편지도 실려 있었다. 일 년 뒤 결혼하면서 아내는 그 책도 가지고 왔고, 오랫동안 우리 책장을 지켰다.

그 책을 읽고 감동을 받은 아내는 권정생 선생님 책을 거의 다 사서 읽는 열혈 독자가 되었다. 결혼 이듬해 아내는 선생님께 편지를 보냈고, 얼마 지나지 않아 답장을 받았다. 색이 바래고 종이가 바스락거릴 만큼 세월이 흘렀지만, 선생님께 받은 편지는 여전히 아내의 자랑거리이다.

산속에서 아이들을 키우면서 선생님의 동화를 꼭 읽게 하던 아내는 답장을 받은 지 딱 십 년 만에 안동시 조탑동에 있는 선생님 댁을 찾았다. 빼곡히 쌓아놓은 책 때문에 서너 사람 앉기에도 좁아 보이는 방에서 선생님의 맑은 웃음을 보았다. "방안에 들어온 생쥐 한 마리도 내쫓지 못할 만큼 외롭다" 하시며 조곤조곤 말씀하시던 모습은 아직도 눈에 선하다.

권정생 선생님 동화집《사과나무밭 달님》에는 '공 아저씨'라는 제목의 동화가 실려 있다. 일본에서 혼자 생활하며 고국에 있는 가족을 그리워하는 주인공이 '공 아저씨'인데, 그 글을 읽

은 뒤 아내가 나를 부르는 호칭도 '공 아저씨'로 바뀌었다. 아
내는 호칭만 바꿔 부른 게 아니라 내 신분도 농부에서 학생으
로 바꾸었다. 문예창작학과가 있는 줄도 모르고 살던 농부의
등을 떠밀어 학교로 보낸 것이다.

"당신은 동화를 잘 쓸 거예요."

이것이 아내가 나를 학교로 떠민 이유이다. 믿어주는 마음이
고마워 사 년 동안 열심히 다녔고 졸업을 했다. 하지만 막상 학
교 공부를 하면서도 아동문학에 다가가는 것이 쉽지 않았다.
졸업 작품으로 동화를 쓰고 싶었지만 아직 내겐 너무 멀게만
느껴졌다. 결국 동시를 쓰기로 했다.

당시 대략 백여 편의 동시를 썼는데, 나름 대표작으로 꼽은
것은 〈과속방지턱〉이었다.

상장 하나 받아오는 게 소원이라는 할머니께
처음으로 드리는 선물
구겨지지 않도록 스케치북에 넣었다
어깨가 들썩들썩
가슴은 두근두근

할머니께 두 손으로 상장 내밀고

바람이 수를 놓는 마당에 시를 걸었다

올림픽에서 메달 걸어주는 사람처럼
악수도 해야겠지
너무 웃어도 안 될 거야
그렇다고 할머니 앞에서 무게 잡을 수도 없고
어깨를 툭툭 다독거려드리면 건방져 보일까
괜찮아, 이럴 땐 좀 건방져도 이해하실 거야

통학차가 왔다
맨 앞자리에 앉았다

상장을 꺼내 보면 뒤에 있는 녀석들이 슬쩍 보겠지
저 형 공부 잘하나 봐
수군거려도 못 들은 체할 거다
기사 아저씨도 백미러로 훔쳐보겠지
아마 웃으실 거야
그러면 나도 웃어 줘야지
상장을 꺼냈다
상장, 이란 글자가 워낙 커서
작아만 보이는 내 이름을 손가락으로 짚어 보았다
위 어린이는 좋은 찻잎 따기 대회에서 우수한,

이쯤 읽었을 거야

갑자기 차가 출렁했다

엉덩이를 살짝 들어야 하는데 타이밍을 놓쳤다.

- 〈과속방지턱〉, 공상균

중년 남자가 쓴 시에 동심이 풍성하게 담길 리 만무했다. 설사 담긴다 해도 읽는 사람 눈에는 유치하게 보일 수 있다는 자괴감이 들었다. 그래도 졸업은 해야 하니까 급한 불 끄는 심정으로 동시를 썼다. 몇 차례 수정을 통해 겨우 심사에 통과할 수 있었고, 덕분에 무사히 졸업했다.

아내에게 등 떠밀려 간 학교이지만 졸업을 하고 나서 나는 예전보다 더욱 글을 쓰고 싶은 욕망을 느끼게 되었다. 농사라는 생업을 내려놓고 글쓰기에 푹 빠지고 싶은 욕망. 하지만 현실은 하루라도 생업을 소홀히 할 수 없고, 혹여 그럴라치면 아내에게 너무 큰 부담을 주게 된다. 그 갈등이 깊어지면 숲에 가서 무작정 걷는다. 등줄기에 땀이 흐를 정도로 걷는다. 그래도 마음의 평정을 찾지 못하면 끝내 농장으로 가서 힘에 겹도록 일을 한다.

가끔 일 년만 어디 가서 글을 쓰면 좋겠다고 속내를 털어놓으면 아내는 일상의 삶 속에서 소재를 찾아 글을 쓰는 작가가 되면 좋지 않겠느냐고 말한다. 맞는 말이어서 차마 뭐라 대꾸를 할 수가 없다. 그럴 때 생각나는 시가 있는데 손택수 시인의 〈녹슨 도끼의 시〉이다.

예전의 독기가 없어 편해 보인다고들 하지만
날카로운 턱선이 목살에 묻혀버린
이 흐리멍덩이 어쩐지 쓸쓸하다
가만히 정지해 있다 단숨에 급소를 낚아채는 매부리처럼
불타는 쇠번개 소리 짝, 허공을 두쪽으로 가르면
갓 뜬 회처럼 파들파들 긴장하던 공기들, 저미는 날에 묻어나던 생기들
애인이었던 여자를 아내로 삼고부터
아무래도 내 생은 좀 심심해진 것 같다
꿈을 업으로 삼게 된 자의 비애란 자신을 여행할 수 없다는 것,
닦아도 닦아도 녹이 슨다는 것
녹을 품고 어떻게 녹을 뛰어넘을 수 있을까

녹스는 순간들을 도끼눈을 뜬 채 바라볼 수 있을까

혼자 있을 때면 이얍, 어깨 위로 그 옛날 천둥 기합소리가 저절로

터져나오기도 하는 것인데, 피시식

알아서 눈치껏 소리 죽인 기합에는 맥이 빠져 있기 마련이다

한번이라도 꽉 짜인 살과 살 사이의 틈에 제 몸을 끼워맞추고

누군가를 단숨에 관통해본 자들은 알리라

나무는 저를 짜갠 도끼날에 향을 묻힌다

도끼는 갈고 갈아도 지워지지 않는 목향을 그리워하며 기꺼이 흙이 된다

뒤꿈치 굳은살 같은 날들 먼지 비듬이라도 날리면

온몸이 근질거려 번쩍 공중으로 들어올려지고 싶은 도끼

- 〈녹슨 도끼의 시〉, 손택수

이 시를 읽을 때마다 밥벌이와 꿈 사이에서 어디에도 안착하지 못하고 살아가는 내 모습을 보기도 한다. 글을 읽고 쓰면서 정신이 녹슬지 않아야 하는데 '닦아도 닦아도 녹이' 스는 것은 '꿈을 업으로 삼게 된 자의 비애'이다. 꿈꾸는 일과 밥벌이가 같으면 행복할 듯도 싶은데, 시인은 '저미는 날에 묻어나던 생

기들'을 추억하며, '온몸이 근질거려 번쩍 공중으로 들어올려지고 싶은 도끼'를 다시 꿈꾼다.

꿈과 밥벌이가 같은 일인데도 '알아서 눈치껏 소리 죽인 기합'으로 살아가야 하는 비애는, 시인의 다른 시 〈구두 속의 물고기〉에서도 엿보인다. '출판사 신간 보도자료 들고 광화문 신문사들을 돌아다니다 나무 아래 구두 벗어놓고 잠시 땀을 식히는' 모습에서다. 글을 쓰고 책을 내면서 정신 올곧기를 바랐던 시인의 꿈은 책을 만들고 책을 팔아야 하는 밥벌이에 바빠 녹이 슬었다. '우물에 대고 부르던 노래도 더는 들려줄 수 없'을 만큼 업에 묻혀 살 바에야 '여울돌에 낀 이끼를 뜯어 먹더라도' 꿈은 꿈대로 업은 업대로 간극을 벌려 놓고 싶은 시인의 마음을 읽는다.

꿈이 생업이 되었을 때의 비애를 말한 이 시와는 달리 나는 꿈과 생업 사이에서 갈등하는 일이 자주 일어난다. 꿈은 아직 저 앞에서 손짓하는데 생업 때문에 꿈을 향해 걸어가지 못하는 안타까움이다. 어떤 때는 차라리 창작에 대한 욕구가 일지 않으면 얼마나 좋을까 하는 생각을 하기도 한다.

생업 때문에 꿈을 향해 달려가는 일에 발목 잡혀 갈등하긴 하지만, 다행히 나는 땅을 가꾸는 농부로 사는 것이 즐겁고 또한 감사하다. 그래서 대학원에 입학해 계속 공부하라는 아내의 권유를 마다하고 농부로 남는 것을 선택했고, 졸업하던 해 가을에 삼천여 평의 땅에 매실나무를 새로 심었다. 이후 십 년이 지나서 다시 창업대학원에 진학했지만 공부를 더 하기 위해서라기보다는 농사를 더 잘 짓기 위해서였다.

물론 앞으로도 생업과 꿈 사이에서 흔들리며 갈등하는 날이 있을 것이다. 하지만 언젠가는 정말 멋지고 아름다운 동화 한 편을 쓰겠다는 꿈이 있기에 그런 날들도 가볍게 이겨낼 수 있으리라 마음에 새겨본다. 도서관을 여는 꿈, 동화 작가의 꿈을 여전히 가슴에 품고 사는 농부. 세상 흐름을 읽지 못하는 아둔한 사람이라 흉을 봐도 나는 이 꿈 버리지 않을 것이다. 꿈은 이루어서 행복한 것이 아니라 꾸고 있을 때가 행복하다는 것을 알기 때문이다.

바람이 수를 놓는 마당에 시를 걸었다

곡성 할머니들의
몸으로 쓰는 시

곡성에 있는 '길작은도서관'은 지붕도 서까래도 처마도 오래된 시골집이다. 서봉마을 할머니들 살아오신 세월만큼이나 많은 이야기를 품고 낡아가는 중이다. 그런 공간에 도서관 열 생각을 한 관장님이 정말 대단하다는 생각이 든다. 무엇보다 글을 읽지 못하는 할머니들에게 한글을 가르치고 시를 쓸 수 있게 도와준 관장님의 열정과 헌신은 낡은 집을 다정한 눈으로 다시 보게 하는 힘이 있다.

얼마 전 대학원 학우들과 함께 도서관에 방문했는데, 그때 관장님에게 직접 이야기를 들을 기회가 있었다.

"학교 끝나고 놀 곳이 없는 아이들에게 공간을 내어준다는 생각으로 도서관을 열었습니다. 그런데 할머니들이 사랑방처럼 생각하고 찾아오시는 거예요. 아이들이 읽다 두고 간 책을 정리해주기도 하셨죠. 근데 보니까 책이 거꾸로 꽂혀 있어요. '할머니, 책을 거꾸로 꽂았어' 하고 말씀을 드리면 다른 책을 꺼내 다시 거꾸로 꽂는 것을 보면서 '아, 할머니들이 글을 모르시는구나' 알아차렸죠."

이렇게 해서 할머니들에게 한글을 가르치기 시작했다. 처음엔 동시를 읽어드리는 것으로 수업을 했고, 한글을 어느 정도 익힌 다음엔 스스로 시를 쓰시도록 했다. 할머니들 살아온 이야기를 글로 옮겨 놓으니 저절로 시가 되었다.

이 곡성 할머니들이 쓴 시를 모아 펴낸 시집이 《시집살이, 詩집살이》이다. 근래에 산 시집 가운데서 가장 마음에 든다. 마치 시의 교본을 보는 듯 좋은 시들로 채워져 있기 때문이다. 글과 삶이 어울리지 못하고 따로국밥으로 노는 말장난에 가까운 시들에 신물이 난 탓일까. 탄탄한 서사가 뼈대를 이루고 있는 할머니들의 시에는 머리가 토해내는 현란한 언어의 유희가 없어 좋다. 마치 그림 그리듯 그대로를 묘사했을 뿐인데도 깊은 감동이 있다. 그렇다고 시적 요소가 없는 것도 아니다.

조남순 할머니의 시 〈밀떡〉을 읽어보자.

13살인가 12살인가
생밀을 학독에 간께
모구가 뺨에 앉었어
손바닥으로 뺨을 딱 때렸지
모구가 머리에 앉네
머리를 딱 때렸어
그란디 모구가 엉덩이에 앉네
엉덩이를 딱 때렸지
동생을 업고
사랑재를 넘어 가는디
윈덩덕이
"저 년은 뭣을 했길래 얼굴이고 머리고 엉덩이고 희거니
발라놨냐"
"밀떡인디라"
"너 거기 있어라"
밀떡 반듯한 것 세 개를 가져가브네
밤솔나무 아래를 애기 업고 지나는디
학독 갈아 만든 것
세 개를 가져가브네
술 못 자시는 울 아부지 논에서 일 하시는디.

- 〈밀떡〉, 조남순

생밀을 '학독'에 갈다가 '모구'를 쫓기 위해 탁탁 치니 밀가
루가 묻었고, 만든 밀떡을 아버지께 드리려고 가는 중 '원덩덕'
을 만난다. 군데군데 묻은 밀가루 흔적으로 냄새를 맡은 원덩
덕은 아이의 '밀떡 반듯한 것 세 개를 가져가'버린다. 그런데
그 서운함과 괘씸했을 감정을 한마디도 나타내지 않고 '술 못
자시는 울 아부지 논에서 일하시는디'라고 끝을 맺는다.

만약 '원덩덕이 너무 미웠다'라는 식으로 자신의 감정을 솔
직히 표현했더라면 일기에 가까운 글이 되었을 것이다. 그런데
할머니는 자신의 감정을 숨긴 채 에둘러 표현을 했다. '술 못
자시는 울 아부지 논에서 일하시는디' 이 한 줄에 아이의 눈에
맺힌 눈물방울을 보는 게 시 읽기다. 시 읽는 즐거움이다. 일기
에서 시로 바뀌는 마지막 한 줄의 글. 할머니는 어떻게 배우셨
을까.

누군가 "이 시들을 할머니들이 쓴 게 정말 맞아요?"라고 물
었다. 자주 받는 질문이라며 관장님이 말했다. "저는 할머니들
시를 고쳐드리지 않아요. 그러면 제 시가 되거든요."

그렇다면 답은 딱 하나다. 할머니들이 누군가의 도움을 받
지 않고 이런 시적 요소를 스스로 배우셨다면 책밖에 없다. 동

시집을 오래 읽어드렸다는 관장님 말씀이 생각났다. 좋은 시를
자꾸 읽다보니 당신들도 그 시의 운율에 젖어든 것일 테다.

할머니들을 만나 뵙고 싶다 했더니 관장님이 연락해서 윤금
순 할머니가 오셨다. 반가움이 앞서 자작시 낭송을 부탁드리니
마을 앞 모정으로 가자고 하셨다. 골목에 선 채로 어찌 시를 읽
으랴. 우리는 할머니를 따라 모정에 올랐다.

사박사박
장독에도
지붕에도
대나무에도
걸어가는 내 머리 위에도
잘 살았다
잘 견뎠다
사박사박.

－〈눈〉, 윤금순

내 밑에 동생이 줄래줄래 함께
애기 보라고 학교를 못 가게 했다
남편이 군대 갔을 때는 편지도 쓰고 싶었다
받아볼 수만 있다면
천국에 있는 남편에게 쓰고 싶다
나 잘 살고 있다고…

－〈지금이라도〉, 윤금순

시 네 편을 읽어주셨다. 글자를 쓰는 속도만큼이나 느릿한 낭송이었지만, 목소리에서 묻어나는 아픔은 빠르게 내 가슴을 파고들었다. 엄마를 극진히 챙기던 큰아들을 사고로 잃고, 이듬해 남편마저 세상을 떠난 후에 쓴 시라는 걸 관장님을 통해 들었기 때문이다.

'잘 살았다'와 '잘 견뎠다' 사이에 있는 할머니의 가슴앓이는 얼마나 컸을까. 편지를 쓰면 답장을 받아볼 수 있는 신혼 시절엔 글을 몰랐고, 글을 배워 편지를 쓰려니 남편은 곁에 없고. '받아볼 수만 있다면 천국에 있는 남편에게 쓰고 싶다'라는 그 말미에도 '나 잘 살고 있다고…'라는 말을 덧붙인다.

지독한 역설 뒤에 숨은 할머니의 무너진 억장을 누가 알겠는가.

'당신이 보고 자파 죽겄소' 보다 더 진한 그리움을 숨겨놓는 글쓰기는 누구에게 배우셨을까. 〈눈〉이라는 시는 군더더기나 설명 하나 없는 명징한 글이다. 선 몇 개로 그린 맑은 그림이다. 머리로 어떻게 이런 시를 쓸 수 있겠는가. 질곡의 세월을 몸으로 살아낸 사람이 들려주는 속삭임이 너무 아프다.

사박사박.

하염없이 눈 내리는 하늘을 올려다보며 아들과 남편에 대한 그리움을 꾹꾹 눌러 담아 시를 썼을 할머니는, 정작 슬픈 감정 모두를 눈 속에 묻어버리고 '사박사박' 네 글자로 끝을 맺는다. 절제미의 완결판이다.

시 낭송을 마친 할머니께 시집에 사인을 부탁드렸다.

"뭐라 쓰면 된다요?"

이렇게 되묻는 할머니께 '시인 윤금순'이라 써주십사 말씀드렸다. 비뚤비뚤 곡선미를 자연스레 풍기는 '시인 윤금순' 자필의 맛을 휴대전화 자판이 어찌 찍어내랴, 나는 부자가 된 듯 기뻤다.

　　　　　　　바람이 수를 놓는 마당에 시를 걸었다

집에 돌아와 시인의 자필사인 받은 시집을 펼쳐 들고 아내에게 몇 편 읽어주었다. 더 읽어달라는 말을 못 들은 체하곤 책장을 덮었다. 눈가가 벌게진 아내 얼굴을 보니 금방이라도 눈물을 뚝뚝 흘릴 것 같았기 때문이다. 말을 글로 표현하는 데 육칠십 년이 걸렸다. 그런 탓에 할머니들이 쓴 시에는 세월이 남긴 흔적이 고스란히 스며들어 있다. 아픔을 무덤덤하게 바라보는 시에서 육필(肉筆)의 진정한 힘을 느낀다.

만학도라는 이름표를 달고 대학을 다닌 사 년 동안 나는 무엇을 배웠는가. 언어의 수사를 통해 삶을 덧칠하며 자신을 기만하지는 않았는가. 머릿속 가득 지식을 채우고 싶은 욕망으로 거들먹거리지는 않았는가. 글을 쓰고 싶다는 까닭 하나로 농사일 가볍게 여기지는 않았는가. 부끄러움의 수는 헤아릴 수 없다. 머릿속에 집어넣는 지식의 무게만큼 삶이 가벼워진다면 좋으련만. 지식은 지혜보다 한 끗 아래라는 걸 살면서 체득한다. 머릿속 채우는 게 지식이라면 지혜는 가슴을 데우고 눈을 밝히는 일. 이제 머릿속은 채울 게 아니라 비울 나이라는 걸 알면서도 젖배 곯은 아이 칭얼거리듯 지식에 대한 욕구 줄어들지 않으니, 젊은 날 배우고 읽지 못한 결핍이 평생 목마름으로 남아 있는 게 분명하다.

작은 도서관 하나 여는 꿈을 가지고 산 세월이 여러 해 되었다. 꿈만 꾸는 세월이 너무 오래 흘렀고, 그러던 중 곡성 '길작은도서관'을 다녀오니 부끄러움이 앞선다. 내가 꿈을 꾸는 동안 김선자 관장님은 있는 그대로의 공간에 책을 채우고 아이들과 마을 할머니들의 삶을 채웠다. 이를테면 '사람 도서관'을 만든 것이다. 화려하게 꾸민 공간보다 그 공간을 채우는 이야기가 중요하다는 걸 새삼 느꼈다. 내가 꿈만 꾸는 동안 그 일을 훌륭히 이루어낸 한 사람에게 아낌없는 박수를 보냈다.

바람이 수를 놓는 마당에 시를 걸었다

시인 윤금순

새벽녘 청매화 꽃잎에
가슴 저미는 이유

"매실나무는 거름 너무 많이 하면 못써. 열매 다 빠져버려."

아흔 넘은 마을 어르신이 며칠째 매실 밭에 거름을 내고 있는 내게 한마디 건네시며 지나간다. 해마다 듣는 이야기라 올해는 그냥 흘려듣기로 했다. 화학비료는 지나치면 열매를 무르게 하지만 소거름은 많이 줘도 부작용이 없다는 걸 알기 때문이다. 내 목표는 화학비료를 쓰지 않는 대신 유기물을 충분히 넣어서 땅심을 살리는 것이었다.

매실 농사를 오래 지은 분들께 "매실나무는 거름을 주는 대로 받아먹는다"라는 말을 많이 들었다. 실제 퇴비를 많이 한 나무는 서리가 내릴 때까지 잎이 싱싱하다. 매실나무 한 그루

당 팔십 킬로그램 정도 거름을 줬으니 전체 양은 대략 이십사 톤이다. 이십 킬로그램짜리 유박도 백이십 포 넣어줬다.

퇴비살포기를 빌리면 거름내기도 쉽게 할 수 있지만 일부러 손수레를 사용한다. 그래야 나무마다 거름을 갖다 부으며 한 그루 한 그루 살펴볼 수 있기 때문이다. "이 양식 먹고 겨울 동안 많이 자라라"며 살갑게 말을 건네기도 한다.

얼마 전 강원도 양구에서 사과 농사짓는 분이 오셨는데, 그분이 이런 말을 했다.

"새벽 다섯 시만 되면 농장을 산책해요. 남들은 눈 뜨면 일부터 하지만 나는 농장을 한 바퀴 산책하지요. 나무들을 살피고 오늘은 무슨 일부터 해야 하는지 현장에서 설계를 하기 위해서지요. 내 산책은 허비하는 시간이 아니라 사과 농사에 가장 중요한 일과랍니다."

일만 하는 게 능사가 아니라 나무와 교감을 할 수 있어야 진정한 농부가 되는 것이라는 걸 그때 깨달았다. 일 자체가 목적이 되어 기계의 힘만 믿고 속도전을 하다보면 과정을 즐길 여유가 없다. 그런 탓에 나는 힘들어도 손수레를 사용해 거름을 주면서 나무와 많은 이야기를 나눈다.

'돈 안 되는' 매실 농사에 투자를 너무 많이 한다는 마을 사람들 이야기도 이제 귀에 못이 박혔는지 아무렇지 않게 들린다. 처음에는 지나가는 사람마다 '매실값 없으니' 빨리 베어버리라고 한마디씩 하는 통에 화도 나고 주눅도 들었다. 그런데 어느 날 아침나절 풀을 베다 잠시 쉬고 있는데, 친구 누님이 운동하고 지나가다 나를 발견하고 다가왔다.

"땅은 남자의 자존심 아닌가베."

땀범벅이 돼 감나무 그늘에 앉아 쉬고 있는 나를 위로한다고 건넨 말이다. 그 말 덕분에 한동안 힘을 얻었다. 땅 삼천 평이 주는 자존감이 처진 어깨를 다시 들어올려준 셈이다.

나무는 추운 겨울에 몸통을 많이 불려 단단해진다. 새순을 내고 가을까지는 쑥쑥 자라다가 겨울이 되면 무심하게 저 알아서 몸통 굵게 만드는 일을 한다. 아직은 찬기운이 코끝을 맴도는 이월에 겨우내 몸통이 많이 굵어진 매실나무에서 청매화가 핀다. 추위를 뚫고 핀 청매화 꽃잎의 색은 오래 바라보면 가슴 떨림이 있다. 꽃이 귀한 시기라서 그럴까. 하얀색과 푸른색의 중간지점에서 만나는 오묘한 색은 맑은 하늘과 바다가 만나는 수평선의 색이다.

그 청매화 꽃잎을 자주, 오래 바라보는 탓일까. 박규리 시인의 〈청매화〉를 읽을 때마다 가슴에 저릿한 감동이 인다.

　다른 길은 없었는가
　청매화 꽃잎 속살을 찢고
　봄날도 하얗게 일어섰다
　그 꽃잎보다 푸르고 눈부신
　스물세살 청춘
　오늘 짧게 올려 깎은 머리에서
　아직 빛나는데
　네가 좋아하는 씨드니의 푸른 바다도
　인사동 네거리의 생맥주집도 그대로다
　그 사람 떠나고 다시 꽃핀 자리마저 용서했다더니
　청매화 꽃잎 꿈결처럼 날리는, 오늘
　채 여물지도 않은 솜털들을
　야무지게 털어내다니
　정말 다른 길 없었느냐
　새벽이면 동학사로 떠날
　이른 봄 푸른 이끼 같은 아이야
　여벌로 더 장만한 안경과
　흰 고무신 한 켤레 머리맡에 챙겨놓고 잠든

너의 죄 없는 꿈을 마지막으로 쳐다보다

눈부시도록 추울 앞날을 위해

이 봄날, 떨리는 손으로 투툼한 겨울 내복 두 벌

가방 깊숙이 몰래 넣었다

- 〈청매화〉, 박규리

나는 박규리의 시를 유독 좋아한다. 공양주로 절집에서 팔
년인가를 지내면서 겪은 일들을 시로 썼기 때문에 서사가 분명
하고 서정도 아주 알맞게 잘 그렸기 때문이다. 이 시는 스물세
살 청춘이 머리를 깎고 스님의 길로 들어서는 모습을 연민 섞
인 엄마의 눈으로 바라보는 이야기이다. '눈부시도록 추울 앞
날을 위해' 겨울 내복 두 벌을 몰래 가방에 챙겨 넣는 공양주
시인의 마음이 참 곱다. 스물세 살이면 막 꽃이 피기 시작하는
나이, '청매화 꽃잎'이 분명하다.

시인은 그 청매화 꽃잎의 색을 스물세살 청춘의 '짧게 올려
깎은 머리에서' 보았을까. 오래전 머리를 깎은 아이가 떠올라
연민이 함께 인다. 더불어 궁금도 하다. 절집 생활은 잘하고 있
을까. '죄 없는 꿈' 가슴에 품은 채, 새롭게 꽃 피울 봄날을 위
해 '눈부시도록' 추운 겨울 잘 견디고 있을까. 세상의 연을 끊

고 구도의 길로 들어선 절대 고독의 시간들, 부디 청매화 그윽
한 향 피워 올리기를…….

'새벽잠' 하면 생각나는 '이른 봄 이끼 같은 아이'가 또 한 명
있다. '동학사'로 떠나기 위해 머리맡에 흰 고무신 챙겨두고 잠
든 '스물세살 청춘'처럼, 내가 만난 그 아이도 '채 여물지도 않
은 솜털' 얼굴에 송송한 학생이었다. 1985년, 부산 장전동에서
신문 배달을 할 때였다. 함께 일하던 '재우'라는 아이가 고등학
교 과정 야학을 졸업하는데 축하해주는 사람이 없어 서운하다
며 나를 초대했다. 어려운 여건 속에서 공부한 학생들 졸업식
이라 시작부터 숙연했다. 재학생 대표가 떠나는 선배들에게 송
사를 하고, 다음은 졸업생 대표의 답사 차례. 앳된 여학생이 나
와 '선생님과 후배들에게 드리는 글'을 읽었다.

"새벽 네 시에 일어나 신문 배달을 하고, 낮에는 회사에서
일을 했습니다. 학교에서 공부를 하고 집에 오면 밤 열한 시.
그렇게 힘들었던 시간도 훌쩍 지나 오늘, 우리는 정든 학교를
떠납니다. 이제 졸업을 하면 잠 한 번 실컷 자보겠습니다. 지난
삼 년 동안 제 소원은 한 번이라도 좋으니 잠을 실컷 자보는 것

이었습니다."

그 여학생의 '소원'을 들으며 학생들도 선생님들도 모두 소리 내어 엉엉 울었다. 힘든 시간을 함께 보낸 사람들이기에 나눌 수 있는 감정들이 공간을 가득 메웠고, 축하객 신분으로 참석했던 내 눈에서도 눈물이 흘렀다.

그 여학생이 그랬던 것처럼, 그때 스물다섯의 나는 다른 길을 가고 싶어도 어디로 가야 할지 딱히 앞이 보이지 않는 시간을 보내고 있었다. 그 막막한 세상살이 속에서 매일 새벽을 달렸다. 선생님께 꽃다발을 안겨드리며 함께 품에 안겨 울던 그 아이들은 지금쯤 어디에 다다랐을까?

어스름하게 날이 밝아오는 새벽녘, 나는 청매화가 가득 핀 매실나무들 사이에 서서 그 아이들을 떠올리곤 한다. 막막한 어둠과 추위를 이겨내고 피어난 꽃들이 그러하듯, 그 아이들도 지금은 하얗고 무연한 표정으로 한 세월을 건너가는 보통의 어른이 되어 있으려니……

바람이 수를 놓는 마당에 시를 걸었다

시를 쓴다는 사람이
꽃을 버리다니요

시골살이의 좋은 점 중 하나는 사시사철 때맞춰 피는 꽃을 언제든 내 집 앞마당에서 감상할 수 있다는 것이다. 꽃을 특히 좋아하는 아내는 봄만 되면 꽃보다 더 환하게 웃으며 듬뿍듬뿍 사랑을 쏟는다. 우리 집 마당에는 매화, 산수유, 복사꽃이 흐드러지게 피었다 지고, 봄꽃이 귀할 즈음에 수사해당화가 예쁘게 꽃을 피운다.

수사해당화는 워낙 더디게 자라는지라 가지들이 충분히 굵어지기 전에 꽃들이 무성하게 핀다. 소담하게 핀 꽃들이 보기에는 탐스럽고 어여쁘지만, 아래로 몸을 늘어뜨린 가지들이 버거워 보일 때가 있다. 그래서 가끔 꽃가지들을 솎아내듯 잘라

주는데, 어느 날은 마당에 떨어진 꽃가지들을 보고 아내가 달려와 타박을 했다.

"시를 쓴다는 사람이 꽃을 버리다니요."

아내는 꽃가지들을 살뜰하게 주워서는 꽃병에 꽂아 차실 여기저기 놓아두고, 마당 한 편에 놓인 돌확에도 물을 채워 꽂아두었다. 꽃의 남은 생애를 보듬는 그 사람 마음을 바라보자니 그제야 아무 생각 없이 잘라내 버려버린 꽃들에게 미안한 마음이 들었다. 나는 손가락으로 시를 자르고, 아내는 가슴으로 꽃의 마음을 읽는 아침이었다.

정원이랄 것도 없는 좁은 마당이지만 아내는 마당에 대한 애착이 유별나다. 나는 덕분에 이름도 제각각인 온갖 들꽃들을 마당에서 감상하는 호사를 누린다. 외출했다 돌아온 아내가 가장 먼저 하는 일도 마당을 살피는 일이다.

"목이 많이 말랐구나. 늦게 와서 미안해."

물을 주면서도 나뭇잎을 어루만지며 한참 대화를 나누는데, 그 모습이 마치 어린 자식 어르는 것처럼 정겨워 보인다. 그러고 보면 앞산 나무는 풍경 보는 즐거움은 있지만, 가꾸며 교감하는 행복은 없지 않은가. 아내가 그것을 내게 알려준 셈이다.

한하운 시인의 일대기를 그린 《가도가도 황톳길 – 한하운의 시와 생애》라는 책을 읽은 뒤로 아내는 마당에 라일락 한 그루 심었으면 좋겠다고 노래를 불렀다. 하지만 나는 마당은 비어야 보기 좋은 법이라며 청을 들어주지 않았다. 문만 열면 앞산이 우리 정원인데 굳이 나무를 많이 들여 뭐하겠냐고 해도 아내는 좋아하는 꽃과 나무가 있으면 우리 마당에 심어 가꾸고 싶어했다. 아내가 꽃과 나무를 심고 가꾸는 과정에서 쏟는 애정을 즐기는 것이란 점을 이해하기 전까지는 이 문제로 종종 다투기도 했다.

꽃가지 잘라내고 타박을 받은 날, 순창 정원수 할아버지 농장에 가서 나무 네 그루를 사 왔다. 아내가 그토록 갖고 싶어했던 라일락과 목수국, 그리고 수양감나무와 붉은꽃겹벚나무 한 그루씩이었다.

어느 날엔가 민박 손님들과 차를 마시는 중에 아내가 내 흉을 늘어놨다.

"제 소원이 하나 있는데 남편이 안 들어줘요."

"무슨 소원인데 안 들어준답니까?"

"마당에 라일락 한 그루 심는 거요."

이야기를 들은 손님이 대단한 소원도 아닌데 그걸 못 들어

바람이 수를 놓는 마당에 시를 걸었다

주느냐며 내게 눈짓을 했다. 결국 손님들 있는 자리에서 내년 봄에는 라일락을 꼭 심어주겠노라 약속했는데, 그 약속을 지켰다.

빨간 겹꽃이 피는 벚나무를 심은 날 아내는 한껏 들떠 있었다. "벚꽃이 피면 여기에 자리를 펴고 우아하게 차를 마시는 거야." 어느새 아내 가슴에는 벚나무가 아름드리로 자라고 벚꽃이 피어난 듯했다. 마침 나무 심는다는 소식을 듣고 달려온 며느리와 함께 아내가 준비한 차를 마주하고 자리에 앉았다. 마당 앞 개울이 내려다보이는 곳에 나무를 심었는데, 고즈넉하고 풍광이 좋아 차를 마시기에도 안성맞춤인 곳이다.

겨우 팔목 굵기만 한 나무 한 그루 심어놓고 설레는 마음으로 찻자리부터 펼쳐놓는 아내, 벚꽃이 피기를 기다리는 그녀의 봄날은 또 얼마나 행복할까. 읽을 때마다 아내를 떠올리게 하는 시가 있는데, 박제영 시인의 〈그런 저녁〉이다.

바람이 지나간 후에도 시누대가 저리 흔들립니다
새가 날아간 후에도 댓잎이 저리 흐느낍니다
내 생애 전부를 흔든 사람
내 생애 전부를 울린 사람
대숲 사이로 옛사랑이, 옛 문장이 스미어

붉은 노을로 번지는 그런 저녁이 있습니다

모처럼의 산책이라 시 한 수 읊은 것인데
그 사람이 누구냐고 도대체 옛사랑이 누구냐고
그 사람이 자기인 줄도 모르고
옛사랑이 자기인 줄도 모르고
노을 사이로 당신의 얼굴이 노을처럼 붉어지는
붉어도 좋은 그런 저녁이 있습니다

- ⟨그런 저녁⟩, 박제영

내게는 아내가 '내 생애 전부를 흔든 사람'이고, '내 생애 전부를 울린 사람'이다. 어떤 때는 아내가 웃을 때조차 내 가슴은 먹먹해진다. 맑고 고운 사람이 농부의 아내로 살아온 그 세월이 내 눈에는 훤히 다 보여 고마우면서도 애처롭다. 꽃을 보며 마냥 행복해하는 모습이 너무 애달파서 내 마음도 함께 붉게 물들어버리곤 한다. 그런 아내에게 꽃 피는 봄날을 설레는 마음으로 기다릴 수 있도록 해주는 앞마당 나무들이 고맙다.

바람이 수를 놓는 마당에 시를 걸었다

순창 정원수 할아버지는 "좋은 나무는 심어놓으면 해가 지날수록 값이 올라가니 노후 준비로 그만"이라는 말씀을 자주 하셨다. 할아버지는 건강이 너무 안 좋아져 살기 위해 선택한 것이 시골살이였는데, 나무를 심고 가꾸면서 건강을 회복하셨다고 한다. 그때 심은 나무들이 자라 지금은 노후를 풍족하게 보낼 수 있는 자산이 되었다며 내게도 빈 땅 있으면 나무를 심으라고 하셨다. 사실 요즘은 '반려 식물'이라는 말이 생겨날 만큼 많은 사람이 자연에서 위안을 얻고 있다. 세상살이의 고단함을 잠시나마 잊으려는 사람들이 치유의 숲을 찾아 몰려들고 있다. 내게도 나무가 삶 그 자체이자 가장 커다란 위안이던 시절이 있었다.

신혼 시절 부모님께 물려받은 삼만 평의 땅에 은행나무와 매실나무를 심었다. 십 년 가까이 지나자 산비탈의 거친 땅이 점차 농장의 모습을 갖춰갔다. 하루도 거르지 않고 일에 매달렸고 옷에 소금기가 배도록 엄청난 땀을 흘렸다. 어떤 때는 땀인지 눈물인지 모르는 것이 뺨을 타고 흐르기도 했다. 전기도 없는 산속에서 사느라 아내 고생은 컸지만, 한편으론 아이들과 함께 누리는 소소한 행복들도 많았다.

사십 대에 접어들자 일이 힘에 부쳤다. 자본이 없어 몸으로 밀어붙인 결과였다. 살이 너무 빠져서 사람들을 만날 때마다 어디 아프냐는 인사를 자주 들었다. 젊은 기운만 믿고 땀을 너무 흘린 탓에 기력이 고갈된 탓이었다. 이대로는 안 되겠다 싶어 하산을 결심했다. 이웃이 있는 곳에서 살고 싶기도 했다. 사람이 얼마나 그리웠으면, 초등학교도 안 들어간 아들은 손님이 다녀가는 날이면 서운한 마음에 인사도 안 하고 방에 들어가 울었다. 아내도 사람 그립기는 마찬가지였는지 저녁 먹고 마실 갈 이웃이 있었으면 좋겠다는 이야기를 종종 했다.

산속 생활을 접고 화개에서 소박하게 민박집을 시작했을 때 가장 난처한 일은 숙박비 받는 일이었다. 요즘은 대부분 미리 입금을 하고 오지만 당시만 해도 돌아가는 날 아침에 셈을 치르는 손님들이 많았다. 손님들과 차를 나누고 하룻밤을 보내면 대개 정이 들고 친구처럼 다가오는데, 내 집에 잠을 재우고 돈을 받아야 하니 마음이 무거웠다. 그래서 손님들이 숙박비를 낼 기미가 보이면 아내와 나는 먼저 본 사람이 숨어버렸다. 더러는 잊고 그냥 가도 숙박비 안 줬단 말도 하지 못했다. 그래도 손님들 돌아가고 나면 마음이 허전해 화개장터라도 나가 사람 구경을 했다. 그만큼 마음을 내어주고 깊은 사귐을 가졌다. 다행히 좋은 사람들을 많이 만나 늘 마음이 부요했다.

가끔 산속 생활이 그리울 때도 있다. 해지면 어둠 밝혀주던 촛불의 희미한 빛이 떠올라 아스라한 추억에 잠기기도 한다.

바람이 수를 놓는 마당에 시를 걸었다

© 양영하

자작나무 수피 닮은 아이들 웃음소리도 멀리서 들리는 듯하다. 땀도 눈물도 지나고 나면 모두 노래가 되는 것일까. 가끔 생각한다. 다시 서른으로 돌아갈 수 있다면 신혼의 아내와 함께 삼만 평의 땅에 자작나무를 심겠다고. 그때는 나도 어린 나무에 물을 주며 속삭이듯 다정하게 말을 건네고 싶다.

살면서 제일 센 힘은
바닥을 칠 때 나온다

"성도 한 분이 고구마 농사를 지었는데 팔 곳이 없어 애를 먹고 있다고 하네요. 혹시 공 선생 SNS에 좀 올려줄 수 있는지요?"

우리 부부가 존경하는 목사님 부탁인지라 기꺼이 그러겠다고 대답을 했다. 우선 고구마를 시켜서 먹어봐야겠다 싶어서 전화번호를 여쭈었다. 목사님은 "인생 바닥을 치고 마지막으로 숨어든 곳이 여기 섬입니다. 마음 여린 분이시라 작은 것에도 상처 받을 수 있으니 동정하는 말투는 삼가는 게 좋습니다"라는 염려를 담아 당부하셨다.

'인생 바닥을 치고'라는 한마디가 가슴에 박혔다. 더 내려갈 곳 없는 바닥에 주저앉은, 바닥 칠 힘도 없이 사는 사람들과 친구가 되겠다고 떠돌아다니던 내 젊은 날이 가슴속으로 파고드는 기분이었다.

새벽 어판장에서 막 쏟아낸 고기들이 파닥파닥 바닥을 치고 있다
육탁肉鐸 같다
더 이상 칠 것 없어도 결코 치고 싶지 않은 생의 바닥
생애에서 제일 센 힘은 바닥을 칠 때 나온다
나도 한때 바닥을 친 뒤 바닥보다 더 깊고 어둔 바닥을 만난 적이 있다
육탁을 치는 힘으로 살지 못했다는 것을 바닥 치면서 알았다
도다리 광어 우럭들도 바다가 다 제 세상이었던 때 있었을 것이다
내가 무덤 속 같은 검은 비닐봉지의 입을 열자
고기 눈 속으로 어판장 알전구 빛이 심해처럼 캄캄하게 스며들었다
아직도 바다 냄새 싱싱한,
공포 앞에서도 아니 죽어서도 닫을 수 없는 작고 둥근 창문
늘 열려 있어서 눈물 고일 시간도 없었으리라

바람이 수를 놓는 마당에 시를 걸었다

고이지 못한 그 시간들이 염분을 풀어 바닷물을 저토록 짜게
만들었으리라
　누군가를 오래 기다린 사람의 집 창문도 저렇게 늘 열려서 불
빛을 흘릴 것이다
　지하도에서 역 대합실에서 칠 바닥도 없이 하얗게 소금에 절
이는 악몽을 꾸다 잠깬
　그의 작고 둥근 창문도 소금보다 눈부신 그 불빛 그리워할 것
이다
　집에 도착하면 캄캄한 방문을 열고
　나보다 손에 들린 검은 비닐봉지부터 마중할 새끼들 같은, 새
끼들 눈빛 같은

- 〈육락[肉鑠]〉, 배한봉

　민중 신학에 심취해 있던 이십 대의 어느 겨울, 용산역 부근
에 있던 '베들레헴의 집'에서 이틀 머문 적이 있다. 노숙자와
행려환자에게 잠자리와 식사를 제공하는 자선기관이었던 걸로
기억한다.
　저녁을 먹고 열 시쯤 됐을 때 같은 방을 쓰는 한 형제가 말
했다.

"공형, 나랑 역 부근이나 한 바퀴 돕시다."

나는 영문도 모른 채 따라나섰다. 청년들이 차에 박스 몇 개를 실었다. 열 명 정도의 청년들이 역 주변을 돌며 길거리에서 신문지 한 장을 이불 삼아 잠든 노숙인들에게 잠바 한 벌씩을 나눠주었다. 후원기관에서 보내준 옷이라고 했다.

그날 밤, 서울의 화려한 불빛 뒤에 가려진 뒷골목의 슬픈 얼굴들을 수없이 만났다. 담장에 리어카를 세워 바람을 막고 쭈그린 채 잠든 사람이 있다는 사실은 큰 충격으로 다가왔다. 두 시간 넘게 거리를 순회하고 숙소로 돌아오는 길. 나와 짝이 된 그 형제는 자기가 입고 있던 잠바를 벗더니 지하도 바닥에 신문지 깔고 잠든 할아버지 위에 덮어드렸다. 그러고는 내게 "달립시다!" 하고 외쳤다. 엉겁결에 일어난 일이라 나도 무작정 뛰었다. 잠바를 벗어주고 추위를 덜기 위해 달렸다는 것을 숙소에 돌아와서야 알았다.

"스테파노, 이왕이면 바지도 벗어주고 뛰지 그랬소."

함께 잠바를 벗어주지 못한 부끄러움을 감추려고 농담을 건넸더니, 그는 "내 바지는 맞는 사람이 없어서"라며 웃었다. 오 년째 '베들레헴의 집'에서 자원봉사를 하고 있다던 그는 키가 작고 허리가 굽은 장애우였다. '낮은 곳으로 임한 작은 예수'를 내 눈으로 본 날이었다.

'인생 바닥을 친 남자'에게 그 섬은 마지막 도피처이면서 닭이 알을 품는 따뜻한 둥지였다. 다른 사람들 일을 해주면서 겨우 연명하는 남자에게 이웃들은 빈 땅을 내주었다. 그 땅에 처음으로 고구마를 심었다. 농사 경험이 없다보니 다른 집 일 먼저 해주느라 정작 자기 고구마 심는 일은 늦어졌던 모양이다. 당연히 수확도 늦어졌으니 공판장 수매 일정에 맞추지 못했고, 그 바람에 고구마 백여 상자가 그대로 남아 있다는 이야기를 목사님께 전해 들었다.

　나는 우선 고구마 한 상자를 주문해서 무쇠솥 오븐에 구웠다. 무쇠솥 안에 자갈을 넣고 달군 뒤 그 위에 고구마를 얹어 굽는 방식이었다. 무쇠솥 오븐에서 삼십여 분 잘 익은 고구마는 한 끼 식사로 충분할 만큼 맛있었다. "이 정도면 고구마 소개해도 되겠는데요." 검증을 마친 아내 입에서 최종 허락이 떨어졌다.

　"인생 바닥을 친 뒤 숨어든 섬에서 다시 귀농인의 첫걸음을 뗀 한 남자를 응원하고 싶다"라는 글 한 꼭지를 올리며 그분 전화번호를 끝에 썼다. 반응은 뜨거웠고, 하루 만에 고구마백 상자가 다 팔렸다. 예상치 못한 전화와 문자에 당황한 그분에게서 전화가 왔다. 고구마 다 팔렸다고 빨리 글 좀 올려달라는 부탁이었다. 그동안 주소 받아 적을 일이 없었던 탓에 백여 명의 주소와 전화번호를 받아쓰는 것도 버거웠다고. 그러면서 고맙다는 인사를 몇 번이나 덧붙였다. 그리고 그날 나는 "여러분들 사랑에 100점을 드리고 싶은 날입니다"라며 감사 인사를 담은 글을 다시 올렸다.

글을 올리고 나서 삼 일이 지났을 때 친구 한 명이 "나는 그냥 먹어도 괜찮은데, 다른 사람들은 이런 고구마 받으면 상처받을 것 같아" 하면서 상한 고구마 사진 세 장을 보내주었다. 내가 봐도 이건 아니다 싶을 만큼 심각했다. 아차 싶어 몇 군데 전화를 걸었다. 고구마 맛있다고 하는 사람도 있었지만, 더러는 상한 고구마를 받고 속상해하던 참이라고 말했다. 댓글에도 상한 고구마를 받았다는 글이 올라오기 시작했다.

그분에게 전화를 해 자초지종을 설명하니 좋은 고구마만 골라서 보냈는데 왜 상했는지 까닭을 모르겠다며 속상해했다. 나중에 알고 보니 저장고에 있던 고구마를 말리지 않고 급히 보내는 바람에 그리 된 것이었다. 저장고에서 꺼내 햇볕에 하루 정도 말려야 갑작스러운 기온 변화로 고구마 상하는 것을 막을 수 있는데, 그때는 나도 그것을 미처 몰랐다. 그분도 밀려드는 주문에 마음이 급해 그냥 보내는 바람에 고구마들이 탈을 일으

바람이 수를 놓는 마당에 시를 걸었다

킨 것 같다며 환불을 해주겠다고 했다.

나는 너무 걱정하지 말라고 말씀드리고, 다시 죄송하다는 글을 올렸다.

빨리 봄이 왔으면

휴일 잘 보내고 계시는지요?

저는 오랜만에 뒷산에 올라 멀리 천왕봉 바라보며 마음의 무거운 짐 그곳에 내려놓기로 했습니다. 영하의 날씨가 가슴을 이리도 짓누르기는 처음이었습니다.

서른 해 가까이 농사를 짓고 살았지만 고구마가 갑작스러운 온도 변화에 금방 상한다는 것을 몰랐으니 저는 얼치기 농사꾼인 게지요.

어제 몇 분이 보낸 사진을 보고 많이 당황했습니다. 딱한 사정을 듣고 소개해드렸는데 저도 실망이 컸지요. 한편으로는 "상한 고구마를 보낼 간 큰 사람이 어디 있겠나" 하는 심정으로 그분께 전화를 드렸습니다.

"죄송합니다. 무조건 환불해 드린다고 블로그에 올려주세요."

SNS를 모르시는 분이라 블로그에 사과글 올려 달라는 말만 되풀이하셨습니다.

어제 오후에, 고구마를 잘 아는 몇 분과 이 상황을 이야기하다가 답을 찾았습니다. 기온 변화에 민감한 고구마는 추위에 조금만 노출되거나 자리를 옮겨도 쉽게 상한다는 것을요. 또 이미 경험하신 분들이 댓글로 말씀해 주셨습니다. 올겨울 따뜻하던 날씨가 하필 영하로 뚝 떨어졌으니.

이번 일로 인한 돌팔매는 제가 고스란히 맞겠습니다.
고의가 아니라 초보 농부의 경험 부족으로 생긴 일이니 부디 그분께는 넓은 아량으로 여러분들의 따뜻한 마음 다시 한 번 보내주시면 고맙겠습니다.

그리고 빨리 봄이 왔으면 좋겠습니다.

글을 올리고 나서 걱정하지 말라고 다시 전화를 드렸더니 예순을 훌쩍 넘긴 남자가 울먹이며 말했다.
"이틀 동안 저 엄청 울었습니다."
다시 인생 바닥을 치는 것은 아닌가 걱정하는 마음이 들었다. 그런데 그날 내 SNS는 그야말로 불이 났다. 상한 고구마 도려내고 맛있게 먹었다는 응원과 함께 그 남자와 나를 위로하는 글이 쏟아졌다.
"아재요, 여 아궁이들 장작 몇 개 빼주이소. 느무 뜨겁다 아입니까. 상한 고구마에 이리 관대해도 되는겨? 소비자가 판매자를 이해시키는 요상한 장터네예. 고마~ 쪼매 속상했던 저도

바람이 수를 놓는 마당에 시를 걸었다

카친들 글 보고 괜찮아져뿝니다. 여가 점빵이 아니라 온기학교
인기라. 안 그래예? 이참에 삶을 바르게 이끌어가는 온정과 고
구마에 대해 새롭게 알게 되었네예."

　한 남자가 다시 인생 바닥을 치지 않아도 되겠다는 안도하는
마음 때문이었을까. 더 내려갈 곳 없는 바닥에 주저앉은 사람
을 일으켜 세우는 사람들의 온기 때문이었을까. 글을 읽는 내
눈가도 촉촉이 젖었다. 고구마가 두 남자를 울린 셈이다.

젊은 날의 눈부신 고립을
즐기며 사는 사람들

　내가 사는 지리산 자락에는 '눈부신 고립'을 즐기며 사는 사람들이 있다. 도시 생활의 번잡함을 벗어나 노후를 한적한 자연에서 보내기 위해 귀촌한 사람들도 도시와의 고립을 택했다고 할 수 있다. 그들은 편리한 문명과 도시 생활이 주는 문화혜택 대신 사계절 자연이 빚는 작품 감상하는 즐거움을 누리며 산다. 어느 정도의 고립은 '뒤뚱거리며 제 구멍들을 찾아가느라 법석'인 도시와 달리 단순함과 고요함을 누릴 수 있다.

　노후를 보내는 유유자적형 귀촌인과 달리 젊은 나이에 산속에 들어 오롯이 '눈부신 고립'을 즐기는 사람들을 만나면, 내 젊은 날이 생각나 더 친해지고 싶은 욕심이 생긴다. 전기도 들어오지 않는 깊은 산속에서 보낸 십 년 넘는 세월이 그들 삶 속에서 언뜻언뜻 보이기 때문인지도 모른다.

한겨울 못 잊을 사람하고
한계령쯤을 넘다가
뜻밖의 폭설을 만나고 싶다.
뉴스는 다투어 수십 년 만의 풍요를 알리고
자동차들은 뒤뚱거리며
제 구멍들을 찾아가느라 법석이지만
한계령의 한계에 못 이긴 척 기꺼이 묶였으면.

오오, 눈부신 고립
사방이 온통 흰 것뿐인 동화의 나라에
발이 아니라 운명이 묶였으면.

이윽고 날이 어두워지면 풍요는
조금씩 공포로 변하고, 현실은
두려움의 색채를 드리우기 시작하지만
헬리콥터가 나타났을 때에도
나는 결코 손을 흔들지는 않으리

헬리콥터가 눈 속에 갇힌 야생조들과
짐승들을 위해 골고루 먹이를 뿌릴 때에도……

시퍼렇게 살아 있는 젊은 심장을 향해
까아만 포탄을 뿌려 대던 헬리콥터들이
고라니나 꿩들의 일용할 양식을 위해
자비롭게 골고루 먹이를 뿌릴 때에도
나는 결코 옷자락을 보이지 않으리.

아름다운 한계령에 기꺼이 묶여
난생처음 짧은 축복에 몸 둘 바를 모르리.

- 〈한계령을 위한 연가〉, 문정희

'한겨울 못 잊을 사람하고 한계령쯤을 넘다가'로 시작하는
문정희 시인의 〈한계령을 위한 연가〉를 읽으면 생각나는 카페
가 있다. 황토재라는 제법 높은 고갯길 초입에 있는 그 카페는
'한계에 못 이긴 척 기꺼이 묶'여 며칠 동안 머물며 차를 마시
고 싶은 곳이다.
　결혼기념일이라고 식사 한 끼 대접하겠다는 아들을 따라 진

주 가는 길이었다. 2번 국도를 타고 북천에 접어드는데, 길가에 '밀밭'이라는 카페 간판이 눈에 들어왔다. 얼마 전 지인이 괜찮은 농가 카페가 있다며 소개하던 것이 생각났다.

컴퓨터 앞에 앉아 있던 중년 남자가 일어서며 우리를 난롯가로 안내했다. 밭일을 하다 왔을 법한 옷차림은 커피를 내려주는 카페 주인장과는 거리가 멀어 보였다. 우리는 드립커피 두 잔, 대추차 한 잔, 생강차 한 잔을 주문했다. 차를 마시며 가볍게 시작한 대화는 서너 시간을 훌쩍 넘겼다. 우리는 남자의 이야기에 푹 빠져들었다.

초등학교 이학년 때부터 목장 주인이 되는 꿈을 꾸었고, 너른 밀밭을 가진 농부가 되고 싶었단다. 그리고 자기 이름으로 밀밭을 갖게 된 날에는 밀밭을 풍경으로 작은 카페를 차리고 싶다는 생각을 했다고. 소 키우던 곳을 개조해 예쁜 카페를 연 것은 그로부터 삼십 년이 지난 후였다. 아직도 꿈을 향해 걸어가야 할 노정을 이야기하는 남자의 얼굴은 평화로워 보였고, 조곤조곤 들려주는 이야기는 소란스럽지 않아 좋았다. 농사를 천직으로 알고 산 사람에게서 맡을 수 있는 고요와 맑음의 냄새를 앞에 두고 차를 마신 셈이다. 꿈을 이루기 위해 한눈팔지 않고 농부의 길을 걸어온 일생은 '눈부신 고립'이었을 터. 앞으로 걸어가야 할 길 또한 '발이 아니라 운명이 묶'여 그 고갯길

지키고 있으리라. 밀밭에 부는 바람은 오월이 제격이라 나는 무던히 오월을 기다리는 사람이 되었다.

밀밭에 카페를 차린 남자만큼이나 특이한 친구가 또 있다. 정분난 사람들 숨어 살기 좋다는 농평마을에는 우리가 '돌집 남자'로 부르는 사람이 산다. 앞산 뒷산 모두 손만 뻗으면 잡힐 것 같은 오지이다. 나무를 세우고 흙을 바르면 이슬은 피하겠지, 지게로 나무와 흙을 져다 나르며 집 짓기 벌써 몇 년이라고 했다. 집은 아직 미완성이지만 남자는 조급해하지 않았다. 자연 닮은 집 한 채 짓는 데 십 년 걸린다 해도 그 과정을 즐기면 행복한 일 아니겠냐며 웃는 사람이다.

민박 온 손님들을 모시고 남자의 집을 찾았다. '눈부신 고립'을 즐기며 사는 부부를 소개하고 싶어서였다. 몇 년째 짓고 있는 집 마당에 돌탑이 여럿 있는데 혼자 힘으로 쌓았다고 했다. 혼자 들어올리는 것이 가능할까 싶은 큰 돌들이 눈에 띄었다. 마당에 쌓은 돌탑 덕분에 지금의 아내를 얻었다고 이웃이 살짝 알려주었다. 남자가 짓고 있는 이층 흙집을 둘러본 도시 손님들은 그렇게 자연 닮은 공간에서 짧은 휴가를 보내고 싶다며

바람이 수를 놓는 마당에 시를 걸었다

마음에 들어했다.

오랜만에 사람들 방문을 받은 남자는 약간 들떠 있었다. 구례장에 막걸리 사러 간 '각시'가 올 때 되었다며 술상을 차리려는 호의를 사양하고 자리에서 일어서는데, 남자가 말했다.

"우리 집에서 자랑할 만한 곳은 뒷간입니더. 거기 앉아서 볼일을 보면 세석평전이 한눈에 들어온다 아입니꺼."

그 말을 듣고 나오는 길에 뒷간을 보았다. 나무 기둥 몇 개 세워 얼기설기 엮은 뒷간은 자연 그대로였다. 몇 년째 짓는 이층짜리 흙집 대신 초라해 보이는 뒷간을 자랑거리로 내세우는 남자의 심성을 내가 어찌 헤아리겠는가. 그래도 '눈부신 고립'을 즐기는 그들의 궁전을 다시 찾는 날 세상에서 가장 편한 자세로 앉아 세석을 보리라 다짐하며 산 아래로 내려왔다.

'눈부신 고립'을 생각하면 떠오르는 또 한 사람이 있다. 의신 마을에 차를 세우고 세석평전 가는 길로 한 시간쯤 걸어 올라가야 만날 수 있는 '선미 씨'이다. 남편은 철 따라 나물을 뜯고 버섯을 캐고, 선미 씨는 그 버섯과 나물로 정성스럽게 밥상을 차려 손님을 부른다. 한 시간의 산행이 주는 적당한 허기와 산 아래서는 누리기 힘든 느긋함이 더해진 탓에 선미 씨가 끓여주는 백숙은 다른 곳과 비교가 어려울 만큼 맛이 일품이다. 모든 짐을 지게에 지고 날라야 하는 불편 정도는 아무것도 아닌 듯, 지인들 모시고 갈 때마다 그들의 인심은 넉넉하다. 사람 귀한 산에서 오래 산 탓이다. 어린 자녀들과 산길 오르내리며 만들어내는 그들의 일상은, 눈이 내리지 않아도 '사방이 온통 흰 것뿐인 동화의 나라에 발이 아니라 운명이 묶'여 사는 행복한 모습이다.

반찬을 몇 번 추가했는데도 접시가 모두 비어버렸다. 일행 중 한 명이 미안해하며 "다음에 올 때는 고추랑 김치랑 많이 가지고 올게요"라고 말했다. 그러자 선미 씨는 맛있게 드시는 것만 해도 고맙다며 웃어 보였다. 그리움에 익숙한 산속 생활이 만들어내는 다래꽃 닮은 웃음이었다.

나는 매일 연애편지를
쓰고 있습니다

거의 이십 년 전의 일이다. 냇가에서 소 먹일 풀을 베고 있는데 서울의 한 잡지사에서 전화가 왔다. 잡지의 표지에 실을 짧은 글을 써달라는 '원고 청탁' 전화였다. 산골 생활에서 겪는 일상을 짧게 쓰면 된다는 말에 수락을 했다. 매달 한 번 원고를 보내고, 원고료가 통장에 들어오는 날이면 아이들과 함께 읍내에 나가 그 돈으로 저녁 한 끼를 사 먹었다. 삼 년 넘게 이어진 글쓰기는 내 생활에 활력을 주었다. 시골 생활을 담담히 그려낸 글들이 도시 사람들에게 위로라도 되었던 것일까. 가끔 잡지에서 글을 읽었다며 집으로 찾아오는 사람이 있어서 신기했다.

바람이 수를 놓는 마당에 시를 걸었다

한동안 잡지에 글을 실은 탓인지 간혹 "시집 언제 낼 거냐?"라고 묻는 사람들이 있다. 그런 질문을 받으면 나는 빙그레 웃으며 "시를 쓴 적이 없는데요"라고 대답한다. 그동안 얼마나 폼을 잡았으면 그런 질문을 받을까 싶어 부끄러운 마음도 든다.

요즘은 블로그와 SNS에 글을 자주 올리는데, 글 한 꼭지를 쓸 때마다 적잖은 시간과 정성을 쏟는 편이다. 글을 다 쓰면 소리 내서 읽어보고 걸리는 부분이나 어색한 표현이 있으면 몇 번이고 수정을 한다. 몇 년 동안 이렇게 하다보니 이젠 글 쓰는 재미가 생겼다. '좋아요'나 '댓글'로 주고받는 소통 덕분이기도 한 것 같다. 사람들이 반응해주는 것이 좋아 글을 쓰고 싶고, 글을 쓰기 위해 일상을 자세히 들여다보는 습관이 생겼다.

내가 쓴 글을 읽고 멀리서 찾아오는 벗들이 있고, 그들과 마주 앉아 차를 나누는 시간은 나를 행복하게 한다. 한편으로는 그렇기에 글을 쓸 때 허세가 들어가거나 지나친 감상에 젖지 않도록 늘 의식을 한다. 허투루 글을 써서 사람들을 현혹하는 것은 내가 가장 경계하는 일 중의 하나이다.

"글도 된장처럼 발효가 필요하다."

내가 몇 번이나 되풀이해서 본 드라마 〈유나의 거리〉를 쓴 김운경 작가가 한 말이다. 드라마 방영이 끝나고 얼마 지나지 않았을 때 우연히 김운경 작가가 우리 집에 머문 적이 있다. 안 그래도 〈유나의 거리〉를 보고 엄청난 팬이 되어 있었던 우리 가족은 김운경 작가와 다섯 시간 넘게 지루한 줄 모르고 이야기를 나누었다.

"생각이 떠오른다고 즉흥적으로 쓰면 깊이 있는 글을 쓰기가 어렵지요. 〈유나의 거리〉도 제 가슴속에 몇 년을 묵혀 탄생했답니다."

나는 글도 '발효'가 필요하다는 그의 말에 크게 공감했다. 블로그나 SNS에 올리는 글도 마찬가지이다. 비록 무거운 주제의 글이 아니라 일상에 대한 글이라 해도 즉흥적으로 가볍게 써서 올릴 게 아니라 묵히는 과정도 필요하다. 두세 번 쓸 것을 한 번으로 줄이더라도 깊이 있는 글을 써서 올려야 '내 독자'를 만들 수 있다는 것을 나는 경험으로 알고 있다. 글 쓰는 이의 고민이 담기지 않은 일상의 소소한 이야기들은 그저 안부를 전하는 정도에 그치고 만다. 읽는 사람들에게 호기심과 흥미를 주기 위해서는 다른 시선으로 바라본 이야기를 담아내야 한다. 그래서 글쓰기를 '낯설게 하기'라고 말하기도 한다. 뻔한 이야기로는 사람 마음을 사로잡을 수 없기 때문이다. 사람들과 다른 방향에서 사물을 볼 수 있어야 재미있는 글을 쓸 수 있다.

바람이 수를 놓는 마당에 시를 걸었다

또 한 가지, 글쓰기에서 내가 중요하게 생각하는 것 중의 하나는 '여백'이다. 종이를 꽉 채운 것보다는 여백 있는 그림이 보기에 편하다. 생각할 공간과 여지도 더 많다. 글도 마찬가지이다. 설명으로 가득 찬 글은 읽기가 벅차다. 글 쓴 사람이 설명을 다 해주기 때문에 달리 생각할 필요도 없다. '설명'을 하기보다는 그림을 그리듯 '현장'을 보여주는 글이 낫다.

고영민 시인의 〈첫사랑〉은 이러한 '여백'의 미를 잘 보여주고 있어 특히 좋아한다.

바람이 몹시 불던
어느 봄날 저녁이었다

그녀의 집 대문 앞에
빈 스티로폼 박스가
바람에 이리저리 뒹굴고 있었다

밤새 그리 뒹굴 것 같아
커다란 돌멩이 하나 주워와

그 안에

넣어주었다

- 〈첫사랑〉, 고영민

시의 장면은 아주 단순하다. 바람이 몹시 부는 어느 봄날 저
녁, '그녀'의 집 앞을 지나는데 마침 스티로폼 박스 하나가 이
리저리 뒹구는 것을 발견한다. 밤새 그리 뒹굴며 시끄럽게 할
것 같아 커다란 돌멩이 하나를 주워와 그 안에 넣어두었다. 그
러고는 제목을 떡하니 '첫사랑'이라고 했다. 만약 이 시에서 제
목이 '첫사랑'이 아니었다면 시 읽는 맛은 온데간데없을 것이
다. 세상에 있는 구구절절한 첫사랑 이야기보다 더 많은 상상
의 이야기를 만들어내라고 시인은 빈 공간을 남겨두었다. 설명
하나 없이도 첫사랑을 이토록 아름답게 그릴 수 있는 시인의
가슴에 잠시라도 기대어보고 싶은 마음이 들 정도이다.

최근 SNS로 소통하는 이웃들 가운데 내가 가장 유심히 읽는
글은 '또가원'이라는 곡성 농가 카페의 바깥 주인장이 쓰는 글

이다. 함께 올리는 사진들도 경지에 들었다 싶지만, 글은 한 편 한 편이 모두 시이거나 수필이다. 반할 지경이다.

아내와 함께 광주 나들이를 하는 길에 마침 시간이 되어 또 가원 카페에 들렀다. 바깥 주인장은 노고단으로 꽃 사진을 찍으러 가고 없었다. 알고 보니 카페를 실질적으로 운영하는 사장님은 그이의 아내였다.

"나는 밥은 안 사 먹어도 옷은 사 입어야 하는 베스트드레서였고, 그는 옷은 안 사 입어도 책은 사 봐야 하는 단벌 학생이었지요."

캠퍼스 커플로 만나 결혼까지 했다는, 취향도 성격도 다른 두 사람이 농가 카페를 열기까지 겪은 좌충우돌 이야기가 재미지게 펼쳐졌다. 나는 이야기를 들으며 다양한 장르의 책들이 빼곡히 꽂혀 있는 남자의 책장을 둘러보았다. SNS에 올라오는 다양한 글들이 생산되는 곳, 글에 담긴 웅숭깊은 사유가 탄생하는 곳이 바로 그 책장인 듯했다.

"남편분 글이 좋아서 팬도 많던데, 여러모로 좋으시겠어요."

"그 사람, 카페 이야기는 한 줄도 안 써줘요."

그러고 보니 남자의 글에 카페 이야기는 거의 없었다. 주로 책과 꽃 그리고 마을 풍경 이야기였다. 아내가 카페를 하면 가끔 홍보성 글을 써서 이웃들에게 알릴 법도 하건만 남자는 그

러지 않았다. 글을 통해 사람 마음을 조금이라도 훔치지 않겠
다는 다짐이라도 했을까. 사람들이 남자를 좋아하는 까닭을 알
것 같았다.

얼마 전부터 남자는 매주 수요일마다 SNS를 통해 시 한 편
을 배달한다. "시 읽는 하루는 전남 곡성의 작은 마을 안에 있
는 찻집 또가원에 놓인 칠판에 매주 수요일 올려집니다." 말미
에 쓴 이 두 줄의 글과 함께. 칠판에 시를 써서 세워두는 마음.
일주일을 견디는 마음의 양식이겠다.

산청군 농업기술센터에서 SNS에 올리는 일상에 관한 글을
어떻게 하면 더 잘 쓸 수 있는지에 대해 강의를 한 적이 있다.
여러 사람 앞에서 말을 잘하지 못하는 성격이라 극구 사양하다
가 내 경험을 있는 그대로 진솔하게 나누는 것도 농부들에게
작은 도움이 되겠다 싶어 결국 수락을 했다. 세 시간 강의를 위
해 두 주일 동안 준비를 했다.

삼십 년 넘게 농사를 지었고, 이십 년 가까이 온라인 사업을
한 덕분에 그동안 이런저런 경험을 많이 할 수 있었다. 나는 이
론이나 지식을 전달하는 대신 솔직한 경험을 이야기하는 것이

　　　　　바람이 수를 놓는 마당에 시를 걸었다

좋겠다고 판단했다. 다행히 산청 농부들은 내 이야기를 집중해서 재미있게 들어주었다. 글쓰기에 대해 대단한 노하우를 가진 것도 아닌 내 이야기에 귀를 기울여주니 고마운 마음이 컸다.

강의를 마치면서 다른 것은 다 잊어도 좋으니 '연애편지'처럼 글을 쓰라는 것만 기억하라고 말했다. 맞다. 연애편지를 쓴다는 생각으로 시작하면 누구든 글을 잘 쓸 수 있다. 한 사람을 설득하기 위해 쏟아붓는 열정과 집념을 바탕에 두어야 한다. 그런데도 글쓰기가 어렵다고들 말한다. 말을 문자로 옮기면 글이 되는데, 말은 잘 하면서도 글쓰기는 어렵다고 하는 것은 무슨 까닭일까. 아마도 글은 말과 달리 어딘가 고상해야 하고 수려한 문장으로 꾸며야 한다는 선입견을 갖고 있는 경우가 많을 것이다.

연애편지를 읽는 사람은 '애인'이다. 품고 있는 생각을 말하듯 그대로 또박또박 쓴다. 내 감정을 제대로 전달하기 위해 온갖 정성을 쏟는다. 거대 담론을 쏟아놓는 웅장한 문체가 아니라 소곤거리듯 낮은 목소리로 들려주는 이야기이다. 내 생각이나 감정이 제대로 전달되어 답장을 유도해내면 성공이다. 편지한 통으로 마음을 얻지 못하면 다시 쓴다. 썼다가 마음에 들지 않으면 구겨서 버리고 다시 쓴다. 오로지 '애인' 마음을 얻어야한다는 생각으로 쓰는 글이 연애편지이다.

혼자 중얼거리듯 성의 없이 써서 올리는 글은 아예 올리지 않는 게 더 낫다. 허투루 사람 마음 훔치겠다는 욕심을 부려서도 안 된다. 글 한 편을 올리더라도 '성의'가 담겨야 한다. SNS에 올리는 글이라고 성의 없이 써서 가볍게 올리면 고객, 그러니까 '애인'의 답장을 받을 수 없다. 마음에 들 때까지 쓰고 고치고를 반복하면서 먼저 내 마음에 들어야 한다. 연애편지를 써서 읽어보지도 않고 바로 우체통에 넣는 사람은 드물다. 소리 내서 읽어보고 또 읽어보면서 어색한 부분을 고친다. 그리고 내 마음에 들 때 비로소 우체통에 넣는다. 편지 한 통을 쓰는 데 바치는 수고와 시간이 여간 아니다.

농부들은 농사일이 바빠 책 읽을 시간을 내기가 쉽지 않다. 더구나 글쓰기와 친해지는 것은 더욱 어려운 일이다. 하지만 농부는 애인의 마음을 얻으려는 노력보다 훨씬 더한 노력을 땅에 쏟아붓는 사람들이다. 땀 흘린 만큼 결과가 눈에 보이는 것이 바로 농사이다. 땅에 쏟는 그 애절한 마음, 그 마음 한 자락을 글에도 얹어보면 어떨까. 누가 알겠는가, 당신이 쓴 '연서'가 '민들레 홀씨 되어' 사람들에게 퍼져 나가고 농사에 날개를 달아주게 될지.

삼시 세끼 잘 챙겨 먹길
바라는 마음

　청학동으로 유명한 청암면은 깊은 산중이라 밀원이 좋은 곳이다. 이곳에서 토종꿀을 치던 농부가 있었다. 수시로 채밀하는 양봉과는 달리 토종꿀은 가을에 한 번 채밀한다. 꿀을 얻으면 정성스럽게 내려서 단지에 담아 포장을 하고, 역에 가서 수화물로 보내고, 본인은 기차를 타고 용산역까지 가서 다시 꿀을 찾았다. 그러곤 꿀을 들고 직접 사람들을 찾아다녔다. 그렇게 애를 썼건만 삼 년쯤 지나자 모두 슬슬 피하기 시작했다. 사람들 냉대에 자못 상처를 받은 것일까, 그 농부는 몇 년 뒤 벌치는 일을 아예 그만두었다. 아는 인맥을 동원해도 판매처는 줄어들었고, 구걸하러 다니는 듯한 자신의 모습을 용서하기 힘

　　　　　　　바람이 수를 놓는 마당에 시를 걸었다

들었다고 했다. 꿀을 생산하는 것보다 판매가 어려워 그만둔 셈이다.

　이렇게 애지중지 만들어낸 농산물을 제대로 팔지 못하고 사람들 손에 채 닿기도 전에 사라지는 것을 볼 때마다 마음이 아프다. 사실 꽤 많은 농부들이 비슷한 처지에 놓여 있다. 자식 키우듯 온갖 정성을 다해 키운 농산물이 천덕꾸러기 신세가 되는 모습을 지켜보는 일은 농부에게 가장 고통스러운 일일 것이다.

　농사짓는 어머니는 여름내 허리 한 번 제대로 펴지 못한 채 일에 매달린다. 그렇게 애써 지은 먹거리들을 서울 사는 자식들에게 보낼 때는 잠시지만 모든 시름 내려놓고 환한 얼굴이 된다. 그게 농부의 마음이고, 어머니의 마음이다.

　밤에 온 소포를 받고 문 닫지 못한다.
　서투른 글씨로 동여맨 겹겹의 매듭마다
　주름진 손마디 한데 묶여 도착한
　어머님 겨울 안부, 남쪽 섬 먼 길을

해풍도 마르지 않고 바삐 왔구나.

울타리 없는 곳에 혼자 남아
빈 지붕만 지키는 쓸쓸함
두터운 마분지에 싸고 또 싸서
속엣것보다 포장 더 무겁게 담아 보낸
소포 끈 찬찬히 풀다 보면 낯선 서울살이
찌든 생활의 겉꺼풀들도 하나씩 벗겨지고
오래된 장갑 버선 한 짝
해진 내의까지 감기고 얽힌 무명실 줄 따라
펼쳐지더니 드디어 한지더미 속에서 놀란 듯
얼굴 내미는 남해산 유자 아홉 개.

'큰 집 뒤따메 올 유자가 잘 댔다고 멫 개 따서
너어보내니 춥을 때 다려 먹거라. 고생 만앗지야.
봄 벹치 풀리믄 또 조흔 일도 안 잇것나. 사람이
다 지 아래를 보고 사는 거라. 어렵더라도 참고
반다시 몸만 성키 추스리라'

헤쳐놓았던 몇 겹의 종이

다시 접었다 펼쳤다 밤새
남향의 문 닫지 못하고
무연히 콧등 시큰거려 내다본 밖으로
새벽 눈발이 하얗게 손을 흔들며
글썽글썽 녹고 있다.

- 〈늦게 온 소포〉, 고두현

어머니가 보낸 소포를 밤늦게 받고 '밤새 남향의 문 닫지 못하'는 시인의 심정이 '유자 아홉 개'가 쏟아놓는 향만큼이나 내 가슴에 훅 파고든다. 유자를 보낼 정도면 늦가을쯤. 가슴에 복받쳐 오르는 육친의 정이 얼마나 뜨거웠으면 문을 닫지 못할까. '봄 볕치 풀리믄 또 조흔 일도 안 잇것나' 어머니의 손글씨에 '낯선 서울살이' 위로라도 받았을까. 때로는 그리움도 문 앞에서 서성이는 법. 어머니 계시는 남쪽 섬 남해를 그리며 '남향 문'을 닫지 못하는 그 마음 알 것도 같다. '울타리 없는 곳에 혼자 남아 빈 지붕만 지키는 쓸쓸'할 어머니가 저 아랫녘 계시는데 남향의 문 어찌 쉽게 닫으랴.

자식 생각하는 어머니 마음만 하겠나 하겠지만, 기실 농부들의 마음도 이와 크게 다르지 않다. 우리 땅에서 우리 농부들이 정성껏 농사지은 먹거리는 투박하지만 몸에 좋다. 농부가 흘린 땀들이 배어든 먹거리는 그 자체로 마음에 위안을 주기도 한다. 그래서 백화점에서 산 고급 넥타이보다 손수 농사지은 감자 한 상자가 내게는 더 귀하디귀한 선물로 여겨진다.

반가운 것은 농부에게도 '스마트폰'이라는 신종 무기가 생겼다는 점이다. 스마트폰은 나를 포함해 많은 농부들의 삶을 크게 바꿔놓았다. 이제는 벌꿀을 손에 들고 등에 지고 지인들을 찾아다니지 않아도 된다. 스마트폰만 있으면 누구든 자신의 상품을 홍보할 매체들이 많기 때문이다.

순창에는 일흔을 넘긴 연세에도 SNS 홍보를 통해 농사지은 먹거리를 전량 판매하는 '금자 씨'가 살고 있다. 예순넷에 SNS를 처음 접하고 여기저기 많은 교육과 강의에 쫓아다녔다는 이야기를 들으며 그 절박했을 학구열이 고스란히 느껴졌다.

금자 씨는 빚을 잘못 지는 바람에 재산을 모두 잃고 시골로 도망치듯 숨어들 때만 해도 자신에게 이런 감성과 열정이 있는 줄 몰랐다고 털어놓았다. 전주에서 태어나 결혼 이후에도 계속 그곳에 살다가 갑작스레 하게 된 시골살이가 만만치 않아 눈물도 많이 흘렸다. 남편은 김치공장 운전기사로, 자신은 식당일로 맞벌이를 하는 시골살이는 스트레스의 연속이었고, 끝내 서로 얼굴만 쳐다봐도 싸우는 지경까지 갔다. 결국 부부는 각자 일 년 만에 사표를 냈다. 차라리 농사가 스트레스 덜 받겠다 싶어서였다.

처음에는 오래 묵혀 거칠어진 묵정밭을 얻어 농사를 짓기 시작했다. 땅 살리는 고된 과정을 마치고 마침내 복분자를 심었는데, 오륙 년이 지나자 복분자 나무가 점점 죽기 시작했다. 대체 작목으로 오미자를 심었다. 당시 마을에서는 대체 작목으로 블루베리가 유행했지만 금자 씨는 돈이 부족해 할 수 없이 오미자를 선택했다. 그리고 그 해 새로 스마트폰을 구입하면서 농사를 인생 후반기 새로운 직업으로 택한 금자 씨의 삶에 많은 변화가 생겼다.

전주 한성호텔에서 열린 SNS 교육에 참석한 게 계기가 되어 그 후로 구례와 광양과 광주 등을 오가며 여러 가지 기능과 활용법을 익혔다. 버스를 네댓 번 갈아타야 하는 산골 오지에 살면서도 교육이 있는 날은 빠지지 않았다. 교육을 마치면 밤 아홉 시가 넘는 탓에 터미널 부근의 찜질방이나 모텔에서 잠을 자고 새벽같이 농장으로 달려가도 힘들지가 않았다. 새로운 것을 배우는 즐거움과 설렘 때문이었다. 페이스북 회원 가입하

는 데 꼬박 하루가 걸릴 정도로 수업 진도가 더뎠지만 포기하
지 않았다. 길을 걸어가도 어디 사진 찍을 게 없나 살필 정도로
포스팅에 열성을 보였다. 하루가 다르게 자라는 오미자 사진을
찍어 글 몇 줄과 함께 올리면 친구들이 보내오는 반응에 더 신
이 났다. 소녀 시절 미처 깨닫지 못한 재능을 발견했고, 그 감
성은 꽃처럼 다시 피어났다.

　오미자 수확 철이 되자 놀라운 일이 벌어졌다. 그동안 글과
사진을 통해 금자 씨의 오미자 소식을 접한 친구들의 주문 전
화가 빗발친 것이다. 그해 수확한 오미자는 금세 동이 났다. 예
상치 못한 품절 사태에 얼마나 마음고생을 했는지 결국 병원에
서 링거까지 맞아야 했다. 예순넷에 '금자의 전성시대'는 그렇
게 시작됐다.

　4월의 두릅을 시작으로 6월에는 꿀, 8월에는 아로니아, 그리
고 9월에는 오미자로 이어지는 농산물은 모두 직거래로 팔린
다. 농사도 부부 두 사람이 하는 가족농이다. 지리산 자연밥상
고영문 대표는 늘 "열매를 팔지 말고 과정을 팔아야 한다"라고
말한다. 금자 씨도 SNS를 통해 농사짓는 과정을 계속해서 글
과 사진으로 보여주며 소통했다. 소비자들은 수확도 하기 전에
선주문을 하기 시작했다. 덕분에 지금은 안정적인 유통과 판매
가 가능해졌다. 금자 씨는 그렇게 '농산물 판매의 새로운 풍속

도'를 그려가는 중이다.

　스마트폰 덕분에 실시간 소통이 가능해지고, 적극적인 소통
덕분에 고객들이 생겨나고, 농부는 고객들에게 '소포'를 보내
며 간절했던 마음도 함께 담아 보낸다. 서울 사는 자식이 삼시
세끼 잘 챙겨 먹으며 고달픈 세상살이 견뎌내길 바라는 시인의
어머니가 그랬던 것처럼.

　　　　　　　　　　바람이 수를 놓는 마당에 시를 걸었다

농촌에서 사람냄새 나는
이야기가 필요한 이유

농부들을 대상으로 강의를 할 기회가 가끔 있다. 농사를 잘 지어놓고도 제값을 받지 못하는 안타까움을 잘 알기에 농산물 판매에 조금이라도 도움을 주고 싶은 간절함으로 강의를 준비한다. 취미로 텃밭 가꾸는 정도가 아니라면 농사도 사업으로 보아야 한다. 즉 '수지타산'이 맞아야 한다는 이야기이다.

그런데 어려운 점은 농산물의 경우 시장 변화에 따라 가격등락의 폭이 매우 크다는 점이다. 또한 농산물 소비 트렌드 변화에 발을 맞추는 것도 필요한데, 작목을 전환하는 비용이 만만치 않은 경우가 많다. 이제 오랫동안 안정적인 가격을 보장해 줄 수 있는 작목은 거의 없다고 해도 지나친 말이 아니다.

내가 가장 관심을 갖는 것은 고객과 직접 소통할 수 있는 공간을 만드는 일이다. 예전에는 '장터'가 그런 역할을 했었다. 장터는 물건만 사고파는 공간이 아니라 사람의 '정'을 나누는 공간이었다.

순천 아랫장 파장 무렵 봄비 내렸습니다.
우산 들고 싼거리 하러 간 아내 따라 갔는데
난장 바닥 한 바퀴 휘돌아
생선 오천 원 조갯살 오천 원
도사리 배추 천 원
장짐 내게 들리고 뒤따라오던 아내
앞서가다 돌아보니 따라오지 않습니다

시장 벗어나 버스 정류장 지나쳐
길가에 쭈그리고 앉아 비닐 조각 뒤집어 쓴 할머니
몇 걸음 지나쳐서 돌아보고 서 있던 아내
손짓해 나를 부릅니다
냉이 감자 한 바구니씩
이천 원에 떨이미 해가시오 아줌씨
할머니 전부 담아주세요

바람이 수를 놓는 마당에 시를 걸었다

빗방울 맺힌 냉이가 너무 싱그러운데
봄비 값까지 이천 원이면 너무 싸네요
마다하는 할머니 손에 삼천 원 꼭꼭 쥐어주는 아내

횡단보도 건너와 돌아보았더니
꾸부정한 허리로 할머니
아직도 아내를 바라보고 서 있습니다
꽃 피겠습니다

－〈아내의 봄비〉, 김해화

'빗방울 맺힌 냉이가 너무 싱그러운데' '이천 원이면 너무
싸'다며 '봄비 값까지' 얹어주는 인정이 너무나 따뜻하게 느껴
진다. 시인의 아내가 '할머니 손에 삼천 원 꼭꼭 쥐어주는' 모
습을 떠올리니 나도 모르게 흐뭇한 미소가 지어진다.

장터의 정이 그립긴 하지만 농사를 사업으로 접근하려고 하
면 이제 장날 돌아오기만 기다려선 수지타산을 맞출 수가 없

다. 더구나 지금은 '감성 소비'의 시대이다. 단순히 농산물 자체를 판매하기보다는 '농산물을 생산하는 과정의 가치'를 제안할 수 있어야 하는 시대가 된 것이다.

요즘은 SNS를 통해서 소통을 많이 하고 판매도 적극적으로 이루어진다. 농촌 발전에 많은 도움이 되고 있다. 다만 인터넷 공간에서는 사람의 정을 직접 나눌 수 없다는 아쉬움이 있다. 지리산 자연밥상 고영문 대표는 온라인마케팅 전문가이기도 한데, 가끔 만나 이런 고민들을 나누곤 한다.

그러던 와중에 알게 된 곳이 의신마을의 흑백사진관이다. SNS에 가끔 올라오는 주인장 사진과 글을 읽어보곤 한번 가보고 싶다는 생각이 들었다.

화개에서 가장 깊은 골짜기에 있는 의신마을은 육십여 가구가 모여 사는 아름다운 곳이다. 눈이 조금만 와도 고립되는 고지대에 있다보니 청정 지역으로 남아 있는 곳이기도 하다. 얼마 전부터 공기를 주입해서 파는 공장도 생겼다. 그 마을에는 작은 도서관이 있고, 노닥노닥 곰다방도 있다. 청년들이 주관하는 문화 행사도 자주 열린다. 그리고 오래 묵은 집이 주는 정겨움과 사진관 아저씨의 낯설지 않은 푸근함을 덤으로 맛볼 수 있는 '지리산 꽃꿀 흑백사진관'도 있다.

연휴 기간에 찾아가 사장님에게 커피 한 잔을 얻어 마시고 사진관 차린 연유를 넌지시 물었다.

"양봉을 하는데 꿀을 전시해서 판매할 공간이 필요하더라고요. 그래서 길가에 오래 비어 있던 집을 수리해서 사진관을 열었습니다. 결혼하기 전에 사진 일을 했기 때문에 '사진'이라는 매개체를 통해 고객과 만나면 재미있을 것 같았지요."

무려 '사진관'이라는 공간에서 고객들과 직접 만나는 농부라니, 멋지지 않은가. 주중에는 벌 돌보느라 주로 주말과 공휴일에 문을 연다고 했다. 가족사진 한 컷 찍는데 오천 원이다. 가족, 친구들과 함께 와서 사진도 찍고, 마루에 앉아 차도 마시면서 두어 시간 보내면 지리산의 안온한 기운이 가슴 깊이 들어오겠다는 생각을 했다.

내가 운영하고 있는 '토담농가'도 2003년에 처음 홈페이지를 만들었다. 고사리와 매실을 인터넷으로 팔기 위해서였지만, 고객들과 소통을 많이 하고 싶다는 욕심도 있었다. 홈페이지 제작하는 사람에게 커뮤니티 중심으로 운영할 수 있도록 누구나 글을 쓸 수 있는 게시판을 많이 넣어달라고 부탁했다.

홈페이지 제작자는 내가 생각지 못했던 제안을 했는데 '민박

합니다'라는 소개 페이지를 넣으면 어떻겠냐는 것이었다. 이층에 빈방이 두 칸 있는 것을 알고 그렇게 제안한 것이었는데, 설마 손님이 오겠나 싶으면서도 그러자고 대답을 했다. 캠프파이어 사진 한 장에 '아이들은 자연 가운데서 가장 즐겁습니다'라는 문구가 전부였고, 방 소개나 방값에 대한 정보도 하나 없는 숨어 있는 페이지였다.

그렇게 하면서도 사실 별다른 기대는 없었는데, 뜻밖에도 놀라운 일이 벌어졌다. 사람들이 어떻게 알았는지 예약 문의가 이어진 것이다. 컴퓨터도 없는 산중 생활을 하던 우리 가족에겐 정말 신기한 일이었다. 낯모르는 사람이 예약을 하고 찾아와 하룻밤 묵어가는 예상치 못한 일을 당하니 우리 부부는 마냥 신이 났다. 이웃 없는 산중 생활이 외로워 산 아래로 이사 왔는데, 전국에서 찾아오는 손님들과 친구가 되는 과분한 사랑을 받았다. 실내 화장실도 없는 방 두 칸이 모자라 살림집에 딸린 여분의 방까지 내주었다. 결국 이듬해에는 손수 황토방 세 칸을 더 지었다. 우리 산에서 소나무를 잘라다 귀틀집 형식으로 지은 집이었다.

화장실과 주방을 실내에 넣지 않았다. 손님들이 조금 불편하더라도 황토방 본연의 향내를 더 많이 즐길 수 있기를 바랐기 때문이다. 황토방 짓는 과정을 홈페이지에 올렸는데, 이걸 본 사람들이 기꺼이 불편을 감수하겠다며 찾아왔다. 그런데 가끔 주변 식당에서 소개를 받고 온 손님들은 반응이 달랐다. 실내에 주방과 화장실이 없다는 말을 들으면 다음에 오겠다며 발길을 돌렸다. 이런 일이 반복되니 마음에 상처가 되었다. 예쁜 외양과 시설을 갖춘 유럽풍 펜션들과 경쟁하기에 우리 황토방은 초라해 보였다.

이리저리 궁리를 하다 홈페이지 메인 화면에 글 한 꼭지를 올렸다.

편리하지 않습니다

토담농가는 편리함만을 추구하지 않습니다.

자연 가운데서는 편리함만 찾다 보면 편안함을 잃을 수도 있거든요.

개수대에서 올라오는 냄새 대신 방 안 가득 솔향을 채웠습니다.

냉장고 팬 돌아가는 소리 대신 물소리 새소리 바람소리를 들려드리겠습니다.

아빠 손 잡고 바깥 화장실을 다녀보는 유년의 추억을 아이들에게 만들어 주고 싶으신 분들, 찻상 하나 덜렁 놓인 단순함 속에서 고요와 평화를 맛보고 싶으신 분들이 오셨으면 좋겠습니다.

편리하지 않다는 것을 더 큰 소리로 알린 셈이다. 그리고 다녀가는 손님들 사진을 찍어 글과 함께 올렸다. 반응이 뜨거웠다. 글을 읽고 찾아오는 사람들 중에 실내 화장실과 싱크대를 문제 삼는 사람은 한 사람도 없었다. 대신 황토방에 들어서면 은은하게 풍기는 소나무향에 감탄했다.

저녁을 먹고 나면 손님들은 자연스레 차실로 모였다. 각자 다른 곳에서 왔지만 모여서 차를 마시다 보면 손님들끼리도 친구가 되었다. 하룻밤 쌓은 정도 두터운지 그네들끼리 의기투합해 다음에 날짜 맞춰서 다시 황토방으로 모여드는 일도 더러 있었다.

차실은 전국에서 모인 사람들의 '이야기 공작소'가 되었다. 민박 손님들이 오면 인사를 하고 맨 먼저 하는 말이 "짐 푸시고 차실로 오셔서 차 한잔하세요"가 됐다. 손님들과 소통할 수 있는 차실 덕분에 지난 십칠 년 동안 좋은 분들을 정말 많이 만났다. 이만하면 민박으로 성공했다 해도 괜찮을 듯하다.

농부들을 대상으로 강의할 때 나는 방 한두 개를 마련해 민박을 해보라는 권유를 하곤 한다. 민박을 통해 부가소득을 올릴 수 있을 뿐만 아니라, 그렇게 맺은 관계는 고객을 넘어 친구가 되기 때문이다.

바람이 수를 놓는 마당에 시를 걸었다

지금은 일인 미디어 시대이다. 뉴스를 보고 듣기만 하던 사람들이 이제는 뉴스를 만들고 전파하는 생산자가 되었다. 자신만의 고유한 이야기를 전하면 사람들은 그 이야기를 찾아온다. 이야기란 가만히 있지 못하고 퍼져 나가게 마련이다. 사람들은 그 이야기의 발생지를 찾아가 보고 싶어하기 때문이다. 비싼 세를 주고 목 좋은 곳에 점포를 얻지 않아도 된다. 사람냄새 진하게 배어 있는 진솔한 이야기, 내면의 깊은 욕구를 자극하는 흥미로운 이야기를 들으면 그곳을 목적지로 사람들이 찾아가니 농촌에서도 사업하기 좋은 시대가 된 셈이다.

삼십 년을 농촌에서 살아보니 청년들이 창업할 아이템이 곳곳에 보인다. 농촌은 청년들에게 블루오션이다. 농사를 지어도 좋고, 가공을 해도 좋고, 유통을 해도 좋다. 아니면 농가 카페나 식당을 해도 괜찮다. 이야기를 만들어낼 수만 있다면, 격이 있는 스토리텔링을 할 수만 있다면, 어디에서 어떤 아이템으로 창업을 한다 해도 성공할 수 있다고 확신한다. 무엇보다 청년들이 농사 지으며 흘리는 땀 배인 이야기는 사람들의 공감을 이끌어내는 매력적인 콘텐츠가 될 것이다.

이곳 지리산에도 젊은 농부들이 많아져 활기찬 삶을 이끌어

가는 모습을 보는 것, 그게 요즘 나의 꿈이다. 그 일을 위해서
라면 나는 그 동안의 경험을 기꺼이 나눌 생각이다. 농촌에 정
착하고 싶은 청년들이 있다면 아내가 가진 몇 가지 아이템과
솜씨를 제공하겠다는 약속도 이미 받아두었다. 스토리텔링을
기반으로 하는 농촌 정착 전략은 내가 도와줄 생각이다.

우리 농촌이 시끌벅적
젊어지면 좋겠습니다

막내 여동생을 농사짓는 청년에게 시집보내려 할 때 작은아
버지께서 하신 말씀이 생각난다.

"네 딸 같으면 농사짓는 사람한테 보내겠냐?"

앞으로 농부도 잘사는 세상이 올 테니 걱정하지 마시라는 말
로 작은아버지를 설득하기에는 그 당시 농촌 현실이 너무 팍팍
하고 암울했다. 뼈가 닳도록 일을 해도 남는 건 빚과 골병뿐인
농촌의 삶, 그 평균치만을 본 작은아버지에게는 결혼 반대가
조카를 아끼는 길이었을 테다.

내게는 여동생이 셋 있다. 첫째와 셋째에게 농사짓는 청년을
신랑감으로 소개했다. 도시에서 직장생활을 하던 동생들을 농

촌으로 불러들였으니 실로 '간 큰' 오라비였던 셈이다. 농부라는 삶이 육체적으로는 고되지만 도시에서 얻을 수 없는 더 값진 것을 얻을 수 있다. 이러한 확신 하나만으로 나도 농부가 되었고, 동생들도 농부 아내의 길로 이끌었다. 벌써 삼십 년 전 일이니, 귀농이라는 말도 제대로 쓰지 않던 당시로선 꽤 과감한 혁신이었던 셈이다.

두 여동생은 지금 농부로, 농부의 아내로 잘살고 있다. 큰여동생은 차 전업농을 하고 있고, 막냇동생은 블루베리와 백향과 선도농으로 자리를 잡았다. 너른 농장을 가꾸며 열심히 살아가는 동생들을 볼 때면 그때 내 선택이 틀리지 않았다는 생각에 흐뭇하고 고마운 마음이 든다.

몇 년 전부터 딸에게 토담농가에서 함께 일하자고 권했다. 전공을 살려 농촌에서 창업한다면 직장생활보다 나을 것 같다는 판단이 들었다. 그러나 딸은 도시에서 직장생활을 하다가 농촌으로 오겠다며 권유를 받아들이지 않았다. 친구들이 모두 도시에 있는데다 시골에는 이십 대 청년이 누릴 만한 즐거운 문화가 별로 없어 탐탁지 않은 듯했다. 딸을 농촌에 안착시키기 위해 나는 아들에게 도움을 요청했다. 내 말에 시큰둥하던 딸은 오빠와 하룻밤 이야기를 나누더니 마음을 바꾸었다. 삼십 년 전에 내가 그랬듯이 아들도 여동생을 예비 농부로 이끌어준 셈이다.

"마카롱 잘 만드는 곳이 대전에 있는데 구경 갈까?"

토담농가에서 함께 일하겠다는 대답을 듣고 딸과 둘이서 도시 여행을 떠났다. 입사 기념 여행인 셈이다. 청년들 입맛 유혹하는 달달한 도시 음식을 맛보며 대전 골목길 정취를 느꼈다. 청년들로 붐비는 성심당 앞에서 매운 어묵 몇 개 먹고 속을 데운 뒤 딸 손을 꼭 쥐고 걸으며 말했다.

"청춘들 열기로 넘쳐나는 도시의 거리를 두고 지리산을 택한 네 용기를 인정한다. 고마워."

그리고 주중에는 집에서 일하고 주말에는 친구들 만나러 도시로 나가도 된다는 약속도 했다.

딸과 함께 걸으며 우리 농촌도 시끌벅적 젊어진다면 참 좋겠다는 생각을 했다. 문득 딸에게 허수경 시인의 〈별 노래〉를 들려주고 싶었다.

작은 사과나무를 돌보는 아버지 옆에 서면 사과나무 꽃 잎술이 흙 가장 보드라운 살에 떨어져 분홍 웃음소리. 아버지는 꺼

바람이 수를 놓는 마당에 시를 걸었다

멓게 말라가는 속잎을 따내면서 "얘야 일찍 들어온나 처녀애들 밤길은 위험하니라" 전지가위에 잘려나간 곁가지를 주워 담을 때 본 근육통으로 부어오던 아버지의 손등. "밤길 어둡다고 바래다 주는 사람이 있는 걸요" 물뿌리개에서 햇살이 번져올랐습니다.

- 〈별 노래〉, 허수경

내가 딸에게 고마운 것 중 하나는 농부 아버지를 참 좋아해 준다는 점이다. 꽃과 나무를 좋아하는 엄마를 닮아서 시골살이의 낭만도 조금은 아는 것 같다.

나는 농촌에 정착하려는 청년들을 만나 이야기할 때 가장 신이 난다. 밤을 새우며 이야기해도 지치지 않을 만큼 눈도 초롱초롱 빛난다. 농촌이라는 공간이 미래에 어떤 보람을 안겨줄지 잘 알기 때문이다. 농촌의 미래를 암울하게 보는 사람이 많지만, 나는 다른 시선으로 바라본다. 먹을거리를 생산하는 농촌이라는 공간에 문화라는 옷을 입혔을 때 만들어지는 이야기의 힘을 믿기 때문이다.

대전 여행에서 청년들이 하는 식당과 카페를 주로 둘러보았다. 열심히 일하는 그들을 보면서 '청년들은 뭘 해도 보기 좋구나' 하는 생각이 들었다. 만약 저들이 농촌에서 식당이나 카페를 연다면 어떨까. "떡 줄 사람은 생각도 않는데 김칫국 마시는" 격으로 혼자 상상을 해봤다.

농사에 관심 있는 청년들이 농지를 얻어 농사를 짓고, 그 산물로 지역 '농가 카페'를 열면 어떨까. 이천여 평의 밭에 팥을 심는다고 하자. 청년들이 팥 농사를 짓기 위해 땀 흘리는 모습은 도시 소비자들에게 공감과 감동을 줄 수 있다. 그 과정에서 만들어지는 이야기는 모두 마케팅이 될 수 있다. 가을에 팥을 거두어 단팥죽을 끓이고, 팥빙수나 팥칼국수를 만들어 파는 카페나 식당을 열어도 좋다. 팥 농사에 들이는 시간과 카페에서 영업하는 시간을 잘 안배하면 기대 이상의 충분한 소득을 올릴수 있을 것이다. 지역의 빈집이나 창고를 리모델링하면 많은 자금을 투입하지 않고도 농촌 정서에 맞는 식당이나 예쁜 카페를 열 수 있다. 농사짓는 청년들 이야기와 카페 이야기를 블로그를 비롯한 SNS를 통해 내보낸다면 도시 소비자들이 그곳을 목적지로 여행을 계획하는 것도 가능한 시대이다.

어디 팥 농사뿐이겠는가. 대추 농사를 지어 맛있는 대추차를 메인으로 하는 카페를 열어도 괜찮고, 옥수수 농사를 지어 일본 청년들처럼 옥수수튀김을 해서 일 년 내내 팔아도 된다. 이처럼 각자 농사지은 것으로 메뉴를 개발하여 카페나 식당에서

팔면 면 단위 지역에 농가 카페 여러 곳을 열 수 있다. 그리고 청년들끼리 연대하여 함께 농사도 짓고 그 지역 문화를 공유하는 커뮤니티를 형성하고, 연대한 청년들의 카페를 지역 단위로 묶어 이야기가 있는 여행 상품으로 개발한다면 도시의 소비자들이 찾아올 것이다. 충분히 매력 있는 일이다. 청년들이 속속 농촌에 정착하는 모습을 그리니 가슴이 뛰었다.

딸이 합류하는 토담농가의 설계도를 함께 그리기 시작했다. 우선 청년층에 다가갈 수 있는 강정 신제품을 개발하기로 했다. 비주얼을 중요하게 생각하는 그들 취향에 따라 예쁜 소포장 박스도 여럿 봐두었다. 매실 제품을 몇 가지 개발해놓고 출시를 못하고 있는데 이 숙제도 딸에게 맡길 요량이다. 농사는 내가 짓고 제품 생산은 딸이 하는 형태로 분업과 협업을 병행한다면 마음도 편하고 몸도 훨씬 수월하리라 생각한다. 농부의 딸에서 농업경영인으로 신분 이동을 하는 딸에게 거는 기대가 크다.

사막을 걷는 낙타처럼
묵묵히 걷는 참농부의 길

스스로 '무진'이라 부르는 남자가 나무 한 그루를 마당에 심어주고 갔다. 며칠 전 통화를 하면서 마당에 금목서가 있냐고 묻길래 두 그루 있다고 했더니 팥꽃나무를 사 왔다. 나무 심을 자리를 살폈다. 작년 봄에 심은 수수꽃다리 옆이 일순위였으나 키 큰 홍매 그늘에 가려 더디 자랄 것을 염려해 다른 곳을 찾았다. 마당 입구 주차장 앞이다.

해마다 봄이면 마당에 나무 심는 것을 연례행사처럼 치르다 보니 이제는 더 심을 공간이 없다. 꽃과 나무 욕심이 많은 아내는 좋은 나무를 만나면 또 심자 하고, 마당은 적당히 비어야 좋다며 나는 말리는 편이다. 몇몇 나무 이름을 대며 마당 빈 곳을 물색하던 아내는 무진이 심어준 팥꽃나무 한 그루에 흡족하여 올봄 나무 타령을 뚝 그쳤다.

나무는 심을 때만 생각하면 나중에 옮겨야 할 경우가 생긴다. 손가락 굵기 묘목이 자라 큰 품을 지녔을 때의 모습을 미리 그려보지 않고 심으면, 십여 년이 지난 뒤에는 서로 맞닿아 마당이 답답해질 수 있다. 재작년 아들 결혼식을 마당에서 치르기로 했을 때 가장 먼저 한 일이 나무 정리였다. 옮길 것은 옮기고 뽑을 것은 뽑았다. 틈이 생겨 훤한 마당에서 손님을 맞았다.

무진이 나무를 심어주고 돌아간 뒤 팥꽃나무 특성을 찾아보았다. 키는 크게 자라지 않고 약간 그늘진 곳을 좋아한다는 것을 알고, 아침저녁으로 눈을 맞추기에 좋은 마당 안으로 나무를 옮겨 심었다. 수수꽃다리 옆이다. 제자리를 찾은 셈이다. 보라색 꽃이 피는 나무를 유독 좋아하는 아내는 수종이 다른 두 나무가 피우는 보라색 꽃들의 잔치를 보며 얼마나 즐거워할까. 꽃도 피기 전에 미리 짐작해본다.

더 깊은 교분을 나누고 싶어 내 뜰에 나무 한 그루를 심어주

바람이 수를 놓는 마당에 시를 걸었다

고 간 무진의 마음을 읽고, 나는 올봄에 만난 한 사람을 생각했다. 평생을 나무와 함께 보낸, 제주도 '생각하는 정원'의 성범영 원장님이다.

농촌의 6차산업 현장을 둘러보기 위해 경남과기대 창업대학원 원우들과 함께 제주도에 갔다가 '생각하는 정원'에 들렀다. 이십이 년 전 제주도 여행을 하면서 들른 기억이 살포시 났다. 그 당시 이름은 '분재예술원'이었다. 입구에 들어서자 안내판이 먼저 눈에 들어왔다. 원장님의 철학을 담은 글과 사진을 모아놓은 것이었다. 나무와 돌을 보기 전에 읽어야겠다는 생각이 들었다. 글을 읽고 정원을 둘러보는데 예전의 여행에서 느끼지 못했던 것들이 눈에 들어오기 시작했다. 첫 삽을 뜨고 지금까지 오십일 년 세월의 흔적들은 곳곳에서 꽃을 피우고 있었다. 농부로 살아온 삼십여 년의 내 시간도 겹쳐지며 동지애가 느껴졌다. 세월이 더 흐른 뒤 내 농장에도 뚝심으로 피운 꽃 가득하리라 위로를 많이 받았다.

정원을 한 바퀴 둘러보고 돌아 나오려는데, 나무를 손질하는 원장님이 보였다. 둥치 굵은 모과나무의 잔가지를 손질하고 있었다. 여든둘 연세에도 전정가위를 들고 나무 손질하시는 모습을 오래 바라보았다. 곁가지 하나를 자르기 위해 몸을 옮겨가며 몇 번씩 살피는 농부의 눈길은 자식 어르는 엄마의 눈빛이었다.

　원장님이 쓴 책을 한 권 사서 사인을 받았다. 그리고 원장님의 강의를 듣기 위해 찻집으로 이동했다.

　"나는 지금의 터에서 꿈을 이룰 자신이 있었다. 그 당시 사람들이 내게 '이곳은 백 년이 지나도 발전할 수 없는 곳인데 무슨 미친 짓이냐, 하루라도 빨리 다른 곳으로 옮기라'고 말했지만, 나는 이곳을 제주시나 서귀포보다 더 아름답게 만들어놓을 테니 지켜보라고 답했다."

　휴대전화를 꺼내 SNS에 올렸던 글을 읽어주셨다. 아무도 돌아보지 않는 황무지에 꿈을 심고 가꾼 농부의 눈은 돋보기 없이도 휴대전화의 작은 글자들을 읽을 수 있을 만큼 초롱초롱 빛났다. 한 손으로는 전정가위로 나무를 다듬고, 다른 한 손으로는 휴대전화로 세상과 소통하는 여든둘 연세의 농부. 그 올곧은 정신을 나누어 받고 싶다는 생각이 들어 그 자리에서 SNS 친구 신청을 했고, 우리는 스물한 살의 나이 차이를 넘어 친구가 됐다.

날마다 먹고 먹히는

강한 자가 지배하지도

약한 자가 지배당하지도 않는

초원을 떠나 사막으로 갔다

잡아먹을 것 없으니

잡아먹힐 두려움이 없다

먹이를 쫓을 일도

부리나케 몸을 숨길 일도 없다

함부로 달리지 않고

쓸데없이 헐떡이지 않으며

한 땀 한 땀

제 페이스는 제가 알아서 꿰매며 간다

공연히 몸에 열을 올려

명을 재촉할 이유란 없는 것이다

물려받은 달음박질 기술로

한 번쯤 모래바람을 가를 수도 있지만

그저 참아내고 모른 척한다

모래 위의 삶은 그저 긴 여행일 뿐
움푹 팬 발자국에
빗물이라도 고여 들면 고맙고

가시 돋친 꽃일망정 예쁘게 피어주면
큰 눈 한 번 끔뻑함으로 그뿐
낙타는 사막을 달리지 않는다

- 〈낙타는 뛰지 않는다〉, 권순진

종종걸음으로 숨 가쁜 삶을 살았든, 느긋한 팔자걸음으로 유
유자적의 삶을 살았든 모든 사람의 일생은 족적을 남긴다. 먹
을거리 풍부한 초원이 생존 경쟁의 싸움터라면, 결핍으로 가득
한 사막은 오히려 자족을 배우는 학교라도 되는 것일까. 시인
은 사막을 '제 페이스는 제가 알아서 꿰매며' 가는 '긴 여행'이
라고 말한다. 먹고 먹히는 생존경쟁이 없다. 갑과 을이 만들어
내는 지배 구조가 없으니 수평 공간이다. 숨 가쁘면 살아남지
못하는 환경 탓에 '물려받은 달음박질 기술'도 아끼며 천천히
걸어야 하는 곳. 그곳이 사막이다.
'나무와 돌에 미친 놈'이라는 소리 들으며 버려진 땅을 일궈

마침내 세계 제1의 정원이라는 극찬을 받기까지 한길을 묵묵히 걸어온 원장님은 '사막을 잘 걸어온 낙타'인지도 모른다. 응원은커녕 비아냥과 조롱을 받으면서도 그 길을 포기하지 않은 것은 사막을 걷는 일만큼이나 고되고 목마른 일이지 않았을까.

농업과 농촌의 공익적 가치를 생각하고 흙과 함께 산 농부의 일생. 자신을 따라 걷는 사람들이 많아지면 농촌의 미래를 바꿀 수 있다는 생각으로 사막의 삶을 견뎠을 터. 자신의 발자국에 고이는 빗물에도 고마워하는 자족의 삶이 그의 얼굴에 그대로 묻어났다.

가시 돋친 꽃일망정 예쁘게 피어주면
큰 눈 한 번 끔뻑함으로 그뿐
낙타는 사막을 달리지 않는다

원장님의 모습과 함께 이 구절을, 앞으로도 농부로 살아가야 할 내 가슴에 깊이 담는다.

⊙ 이 책에 실린 시 목록

정채봉, 엄마가 휴가를 나온다면, 《너를 생각하는 것이 나의 일생이었지》, 샘터사(2006)

안상학, 아배 생각, 《아배 생각》, 애지(2008)

박라연, 서울에 사는 평강공주, 《서울에 사는 평강공주》, 문학과지성사(2000)

류근, 상처적 체질, 《상처적 체질》, 문학과지성사(2010)

허연, 오십 미터, 《오십 미터》, 문학과지성사(2016)

손순미, 청춘여관, 《칸나의 저녁》, 서정시학(2010)

조기조, 리듬, 《기름美人》, 실천문학사(2005)

서정홍, 가장 짧은 시, 《못난 꿈이 한데 모여》, 나라말(2015)

박미경, 그날, 《슬픔이 있는 모서리》, 문학들(2013)

나희덕, 나뭇가지가 오래 흔들릴 때, 《그 말이 잎을 물들였다》, 창비(1999)

정현종, 방문객, 《광휘의 속삭임》, 문학과지성사(2008)

김경미, 엽서, 엽서, 《이기적인 슬픔들을 위하여》, 창비(1995)

김종삼, 묵화墨畵, 《김종삼·매혹시편》, 북치는소년(2018)

정우영, 밭, 《집이 떠나갔다》, 창비(2005)

곽재구, 와온臥溫 가는 길, 《와온 바다》, 창비(2012)

손택수, 녹슨 도끼의 시, 《떠도는 먼지들이 빛난다》, 창비(2014)

조남순, 밀떡, 《시집살이 詩집살이》, 북극곰(2016)

윤금순, 눈, 《시집살이 詩집살이》, 북극곰(2016)

윤금순, 지금이라도, 《눈이 사뿐사뿐 오네》, 북극곰(2017)

바람이 수를 놓는 마당에 시를 걸었다

박규리, 청매화,《이 환장할 봄날에》, 창비(2004)

박제영, 그런 저녁,《그런 저녁》, 솔(2017)

배한봉, 육탁肉鐸,《제26회 소월시문학상 작품집》, 문학사상(2011)

문정희, 한계령을 위한 연가,《사랑의 기쁨》, 시월(2010)

고영민, 첫사랑,《구구》, 문학동네(2015)

고두현, 늦게 온 소포,《늦게 온 소포》, 민음사(2000)

김해화, 아내의 봄비,《김해화의 꽃편지》, 삶창(2005)

허수경, 별 노래,《슬픔만 한 거름이 어디 있으랴》, 실천문학사(2010)

권순진, 낙타는 뛰지 않는다,《낙타는 뛰지 않는다》, 학이사(2018)

―그리고 공상균의 미발표 시 9편

꽃을 품어주는 저 산처럼

함께 걷는 길

모란과 나비

평사리

소풍

꽈리의 사랑

가난이 시가 되어 음악이 되어

부라보콘

과속방지턱

바람이 수를 놓는 마당에
시를 걸었다

초판 1쇄 펴냄 2020년 5월 23일
초판 2쇄 펴냄 2020년 6월 3일

지은이 공상균
발행인 이영은
편집인 김현경
홍보마케팅 김소망
사진 김성헌
디자인 여상우
제작 제이오

펴낸곳 나비클럽
출판등록 2017. 7. 4. 제25100-2017-0000054호
주소 서울특별시 마포구 동교로22길 49 2층
전화 070-7722-3751 팩스 02-6008-3745
메일 nabiclub17@gmail.com
홈페이지 www.nabiclub.net
페이스북 @NabiClub
인스타그램 @nabiclub

ISBN 979-11-970387-0-9 03810

이 도서의 국립중앙도서관 출판예정도서목록(CIP)은 서지정보유통지원시스템
홈페이지(http://seoji.nl.go.kr)와 국가자료공동목록시스템(http://www.nl.go.kr/kolisnet)에서
이용하실 수 있습니다.(CIP제어번호: CIP2020017303)